暮光之裔
THE OFFSPRING
OF THE TWILIGHT

© SOL.Bianca Creation works

我看着你的眼睛，
仿佛听见胸口那朵名为
爱情的花绽放的声音。

我将我涨红的脸躲在了书
页的后面，却无法控制自
己的眼睛。
我偷偷地注视着你，
注视着你微微仰起头，嘴角的
微笑勾勒出我心中的玫瑰。
© SO2 Bianca Creation works

THE
暮光之裔
THE
OFFSPRING OF TWILIGHT
THE OFFSPRING
OF THE TWILIGHT
茶茶 著
湖南文艺出版社

图书在版编目（CIP）数据

暮光之裔 / 茶茶著. -- 长沙 ：湖南文艺出版社,2012.11
ISBN 978-7-5404-5797-6

Ⅰ. ①暮… Ⅱ. ①茶… Ⅲ. ①长篇小说－中国－当代
Ⅳ. ①I247.5

中国版本图书馆CIP数据核字(2012)第230211号

暮光之裔

茶 茶 著

出 版 人：刘清华

策划： 谢不周

责任编辑：唐明 张璐

湖南文艺出版社出版、发行

（长沙市雨花区东二环一段508号 邮编：410014）

网 址：www.hnwy.net

湖南省新华书店经销

长沙超峰印刷有限公司印制

*

2012年11月第1版第1次印刷

开 本：660 mm × 960 mm 1/16 印 张：16

ISBN 978-7-5404-5797-6

定价：24.80元

邮购电话：0731-85983015

CONTENTS 目录

CONTENTS 目录

P楔子
ROLOGUE

THE OFFSPRING OF THE TWILIGHT

神罚，背负着罪，永远无法再触及白昼的人——该隐。

拥有着神的血裔，神的庇佑，永生却只能在黑暗中徘徊的影子们，期盼着……

亚伯，他的兄弟，在炼狱的烈焰中深深仇恨着，意图终有一天重返人间。

太可怕了！

她从未参加过如此糟糕的宴会！

那双冰蓝色的眼睛像飘散不去的魅影一样缠住她！她走到哪儿，就跟到哪儿！

她在心里低呼，已经后悔来参加这个皇家舞会了，怎么会有这么无礼的人！

可是她害怕见到那双眼睛的主人，连用目光逼退他紧盯的勇气也没有，那个男人是亲王，可比她这个不伦不类的公爵养女的身份高贵得多！

不仅如此，他还非常迷人，拥有一张俊美到令女人想尖叫的脸和一头耀眼惊艳的银白色短发，一出现就将全场所有的目光吸引过去！

但是她不喜欢他，男人高贵冷漠的神情就像是盛开在黑夜彼岸的曼珠沙华，周身的空气都弥漫着肃杀的寒意，可是……为什么他一直盯着她？

难道自己有过什么奇怪的举止让这位亲王注意？那不可能，她在公共场合从来都是循规蹈矩，不会出任何差错丢公爵的脸！所以——为什么只盯着她？

她受不了了！微微颤抖的身体正在明确地告诉自己——她害怕这个男人！

“爱林娜！爱林娜你怎么了——”

最后她终于如同断翅的蝶一般倏地坠向光滑的大理石地面，渐渐听不见周遭的惊呼。意识陷入混沌的那一刻，今晚发生的事又如同潮水般一幕幕朝她奔涌过来……

第一章 CHAPTER 01

红月

THE OFFSPRING OF THE TWILIGHT

这是一个诡异的夜晚。

浑圆硕大的月亮挂在天空，偶尔有厚重的乌云飘过来将它盖住，漆黑的树林里时而传来几声乌鸦粗哑苍凉的叫声。

幽幽的月光下，一座巍峨的城堡渐渐显露出轮廓。高大靡丽的扇形穹窿和彩绘玻璃窗投射出柔和的光线，和外面寂静荒瘠的景象恰好相反。

这里正在举办一场宴会，大厅巨型的水晶吊灯下，衣着华丽的贵族们正手拿香槟杯，三五成群地窃窃私语。悠扬的小提琴声充斥着整个大厅——这不是普通的聚会，是整个帝国规模最大最豪华的皇家宴会。因为举办人是帝国的女王陛下，所以贵族们都以能参加这样的宴会而感到万分荣耀。

“嘎吱——”

一声沉重的闷响，皇宫的大门打开了。

爱林娜咽了一口口水，缓慢地跟着自己的养父和养母朝着皇宫内走去。

不要紧张，不要紧张，千万不要紧张……

她在心底拼命地对自己说。

绝对不可以丢格兰特家族的脸——这是她之所以还能维持表面上的镇定的动力所在。

没错，虽然是养女，可她依然是格兰特家族的一员。格兰特家族可是拥有帝国封号，是身份高贵的贵族。

想到这里，爱林娜深深地吸了一口气。她将目光投向了自己的前方——走在最前面的格兰特公爵是一位极有风度和品位的中年绅士，是她最尊敬的父亲。他梳着整整齐齐的银发，深棕色的眼睛，从他英俊的外表完全看不出岁月的痕迹，身上穿着一袭深褐色的燕尾服，黑色的手杖撑在身前，上面一颗硕大的钻石彰示着他显赫的身份。

看到父亲波澜不惊的样子，爱林娜多少有了一些勇气。一道冰冷的目光掠过了她，眼神严苛、挑剔，又一次让爱林娜感到了不安。那是公爵夫人，也就是爱林娜名义上的母亲。

从外人的角度来看，公爵夫人金发碧眼、衣着华贵，虽然不再年轻，但她精致的妆容却让人无法猜出她的真实年龄。公爵夫人在贵族圈里是出了名的美人，更不容忽视的是公爵夫人的娘家，和格兰特公爵的家族一样，也是帝国声名显赫的贵族。

可是对爱林娜来说，公爵夫人却总是让她感到害怕。她总是不遗余力地挑剔着爱林娜的所有，从服饰，到举止……哪怕爱林娜比任何一个贵族少女都要优雅，她也不曾放过爱林娜。

所以，这一次的宴会对于爱林娜来说格外重要。她都不敢想象如果自己搞砸了，公爵夫人究竟会怎样苛责她。

怦怦，怦怦，怦怦……

尽管心跳如雷，爱林娜依然故作镇定地走进了宴会大厅。

“呼……”

几乎是在她进入大厅的瞬间，她听到了众人的吸气声。

爱林娜紧张地观察着周围，她有些迷惑，为什么大家都瞪大眼睛一眨不眨地看着她。

这是当然的……

爱林娜并不知道，自己在众人眼里究竟有多么美丽。

她有双乌黑的眼睛，一头光滑如丝的黑亮长发。而今天她身上穿着的浅紫长裙出自格兰特公爵家族专属的成衣名家，完全贴合了少女年轻而充满活力的身躯，衬托出她堪称黄金比例的身材。那惊艳动人的容颜配合那高贵傲然的绝美气质，几乎让人挪不开视线。

“那个女孩，就是格兰特公爵的养女爱林娜……”

“哎呀，我听说，她的生母不详，不过倒是听说格兰特公爵跟她的生母……她也是因为这个原因被收养的，难怪格兰特夫人对她没好脸色……”

“可不是吗！不过格兰特公爵倒是很疼爱爱林娜，给她安排了整个圣约翰皇家学院中最豪华的公寓，那是现任伊莎贝拉女王陛下曾住过的地方。

“听说这个叫做爱林娜的人很有才华，她是世界著名音乐家雷塞尔·特瑞多的学生，还深得老师喜爱。稍微关注过音乐方面消息的人都知道特瑞多的学生在全世界不会超过五个……”

一时间鸦雀无声的人群开始沸腾了。

声音越来越大。

爱林娜忍不住轻轻摇了摇头，想要极力屏蔽掉那些不断钻入耳朵的各种声音。

格兰特公爵慈爱地看着爱林娜：“怎么啦，爱林娜，不舒服吗？”

爱林娜看着极度疼爱她的父亲，报以优雅的浅笑：“没事，父亲，只是人太多了，稍微有点闷而已。”

正如那些贵族所说的，爱林娜并不是格兰特公爵的亲生女儿，可是，即便她是被收养的，她举手投足中透出来的风范却是那样高贵。

格兰特公爵眼神骄傲，这就是他所疼爱的养女，如此出色，就和她一样……

“格兰特，我们还是赶快进去吧，不要让女王陛下等急了！”出声打断两人思绪的是公爵夫人爱莎，她冷冷地瞟了爱林娜一眼，眼里闪过一丝厌恶加不耐烦的情绪，声音疏冷。

格兰特公爵微一颔首，说：“我们走吧。女王陛下正等着我们。”公爵夫人挽起丈夫的手臂，朝着大厅更深处走去……仿佛爱林娜与她没有任何关系一样。

爱林娜垂下眼帘，脸上没有任何表情。她安静地跟在养父和养母的后面，她是第一次来皇宫，然而这一次的宴会还是让她感到一丝异样。

女王陛下的宴会在贵族中是最热门的，可同时也是安排最为严谨的。贵族之间的宴会邀请都会至少提前一周发出。而女王的宴会邀请更是提早了一个月发出。可这次却没有任何音信，她就这么被邀请到了皇宫。这实在是件让爱林娜很难理解的事。这要是一般民众的聚会还可以理解，但这是女王的邀请啊。女王怎么会举办这样仓促的宴会？

另外，还有一件事情让她有些在意，今晚的天气实在有些诡异。

来宴会的路上，她诧异地发现有成千上万只乌鸦飞过，叫声凄厉恐怖，叫得人心惶惶。帝都很少会有乌鸦，更不用说是这样大规模的乌鸦群。

不知道为什么，爱林娜总觉得今晚一定会有不同寻常的事情发生。

不，不，为什么她会这么想呢？这是女王的宴会，不可能会发生意外的！

爱林娜在心底对自己说，她不自觉地抚了抚自己的手臂，强行压下内心的不安。

这个时候，格兰特公爵已经带领着家人抵达了熟悉的朋友圈的位置。不过，他似乎对女王陛下没有在场有些疑惑，示意公爵夫人和爱林娜在旁等着，他则迎向了几个熟识的贵族，低声询问着女王陛下的去向。

公爵和那些贵族说了些什么爱林娜并没有在意，不经意间，爱林娜的视线扫到了自进入这个房间后，就没有再说过一句话的公爵夫人。她的眼神停留在了几个陌生人身上，似乎心情很不好。

爱林娜不自觉地顺着伯爵夫人的目光望去。那些陌生的面孔，无论男女都拥有惊人的美貌，那种精致到了极点的五官甚至让人觉得有些难以接近。他们的皮肤异常白皙，就像是常年不见天日。

当然，除去外貌之外，他们身上还有着一种吸引人的气质。他们似乎没有看见格兰特公爵一家，径自谈笑，完全漠视公爵的存在。

爱林娜的心里有了疑问，那几个人是谁？

在她的记忆中，以往的贵族宴会上从来没有这些人出现。

可是……爱林娜不由自主地握紧了拳头。

真是太奇怪了，为什么，这些奇怪的人会让她有种诡异的亲近感。

似乎在什么地方见到过他们……但爱林娜发誓，她的记忆里根本没有这些人。她很肯定自己从来没有见过这些人。但这种熟悉感又是从何而来呢？

就在爱林娜暗自揣测的时候，厚重的大门被推开了，并有宫廷侍从官高声喊道：“尊贵的伊莎贝拉女王陛下驾到。”

这一瞬间，所有人都安静下来。看到女王陛下雍容华贵的身影时，众人纷纷鞠躬行礼。爱林娜行屈膝礼的同时，下意识地瞄了一眼那几个陌生人。她惊异地发现他们仅仅是朝着女王陛下微微颔首。

这些人到底是什么身份？怎么可以对尊贵的女王陛下这么无礼？

爱林娜满腹疑惑地抬起头，就在这个时候，她忽然感到了仿佛针刺一般的目光。

有人在看她？

她猛地扭过头，然后，不由自主地屏住了呼吸。一个穿着黑色燕尾服、神情倨傲的男人竟然出现在女王的身后，他有着连女王陛下都无法匹敌的凛冽肃杀气场。在亮如白昼的宴会厅，他却仿佛是从黑暗的地方走来的。

男人有一张异常俊美而棱角分明的脸，更让人惊奇的是，他有一头纯净的银白色头发。黑色的燕尾服包裹着他修长的身躯，暗色的布料愈发衬托出他皮肤的苍白——简直是死人般的苍白。他的神情严肃而冷漠，如同冰山一般不可亲近。空气中开始弥漫一种压抑的氛围。而爱林娜更是敏锐地注意到，随着这个人的出现，那几个气质独特的陌生人在一瞬间改变了原本随意的态度，一下子变得毕恭毕敬，连神情都不自觉地紧张起来。

爱林娜忍不住再一次看了看那个站在女王身后的男人，他看上去……

忽然，仿佛是注意到了爱林娜的目光，那个男人猛然转过头来笔直地对上了她的视线。那是一双怎样的眼睛啊……冰蓝的瞳孔被洁白如同鸽子羽翼一般的睫毛庇护着，那眼睛就像是燃烧的冰蓝火焰一样，带着几乎可以将人的灵魂都焚烧的光芒。

爱林娜，她在真正看清艾伦亲王的那一瞬间就彻底愣住了。她无法形容这位亲王带给她的感觉有多震撼。刹那间的视线交汇，让爱林娜觉得灵魂都被冰冻了。她不可抑制地颤抖着。

太……太可怕了！那个男人，太可怕了！

伊莎贝拉女王并没有在意一个小小的贵族养女的颤抖，她扬了扬手，示意“免礼”并同时开口，声音里带着一丝上了年纪的人特有的颤音：“诸位，这次的聚会有些突然，但你们能来我很高兴。”她示意那个男人走到她的身侧，“我隆重介绍一下，这位是海恩斯·D·艾伦亲王殿下。最近，亲王殿下和他的朋友们会在帝都停留一段时间。”

女王说完这些，就示意宫廷侍从官宣布宴会开始。

艾伦亲王像个发光体般吸附了许多贵族围到他身边，可是他的视线却有意无意地扫向爱琳娜所站的地方，爱林娜觉得自己肯定出现了错觉，转头看格兰特公爵夫妇，他们的脸色似乎也有点不对劲，热衷于攀交权贵的爱莎公爵夫人居然没有积极地上前结交这位亲王殿下，反而跟着公爵沉默地走到女王陛下身边，陪着女王陛下偶尔聊上一两句。

爱林娜僵着身子挪动了几步，却依然能强烈地感觉那道视线停留在自己身上，这下她几乎可以确定这位亲王殿下就是在看她！

“爱林娜小姐？爱林娜小姐？”

爱林娜颤抖了一下才回过神，回头却发现女王的宫廷侍从官正站在她面前，他正一脸担忧地看着她。爱林娜突然意识到自己此刻有多狼狈，全身僵硬，冷汗涔涔，脸色一定非常难看。千万不能在这样的场合失态，爱林娜勉强朝着侍从官勾了一下嘴角，声音异常干涩：“什，什么事？”

“您没事吧？不舒服吗？”侍从官小心翼翼地询问。他感觉，这位极美的贵族小姐看上去就像随时会倒下一样。

“不，我没事。您……”显然爱林娜并不知道侍从官找她所为何事。

侍从官毕恭毕敬地回答：“爱林娜小姐，女王陛下请您过去。”

女王陛下？爱林娜下意识朝地着女王陛下看了过去。女王陛下正和格兰特公爵说话，似乎是察觉到了爱林娜的视线，她朝着爱林娜和蔼地笑了一下。爱林娜努力让自己平静下来，深呼吸一下，微微整理了一下服饰和头饰之后，昂起头跟着侍从官走向女王陛下，沿途是贵族们意味不明的眼神。爱林娜挺直背，目不斜视地看着侍从官的背影。

她并不在意那些贵族，却不得不注意那有着冰蓝色眼睛的人——艾伦亲王。那人似乎有种魔力，叫人不得不将视线锁定在他身上。

一直走到女王面前，爱林娜才松了一口气。那位亲王此刻正在她身后很远的地方，这让爱林娜有种莫名的轻松感。

“尊敬的女王陛下。晚上好！承蒙您的召见，万分荣幸。”爱林娜恭敬地行了屈膝礼。女王陛下伸出手，爱林娜轻吻了女王的手背后，才站了起来，并优雅地退到了一旁。

爱林娜的举止和礼仪都无可挑剔，这让站在一旁的格兰特公爵脸上露出了相当骄傲的表情，只是瞬间后，他的眉头微微皱了起来。

“你就是格兰特收养的女儿爱林娜吧。真漂亮。”女王陛下用赞赏的语气说。

“您过奖了。女王陛下。”开口的是格兰特公爵，语气中却带着些许自豪。

女王陛下笑了，温柔地说道："格兰特，我知道你疼爱女儿。这已经不是新鲜事了。虽然我老了，但还看得清。她真是个漂亮的孩子。"说着，女王陛下朝着爱林娜招了招手示意她靠近些。

爱林娜乖巧地向前走了两步，女王陛下非常慈爱地注视着她："真是年轻啊！"

"女王陛下……"

爱林娜被女王的亲切举动弄得有些不知所措，她不由得看向了格兰特公爵。

格兰特公爵微微摇头示意爱林娜没关系。

爱林娜有些无奈，她并不习惯和人太亲密，可眼前这位却是帝国的女王陛下，她根本无从拒绝。

若是换了别人，恐怕还会认为是无上荣耀吧？可是对于爱林娜来说，女王的亲切对于她来说却是一种负担。这一点，从格兰特公爵夫人冰冷的眼神中就可以看出来。

"你和你的母亲还真像呢。"女王陛下语带惆怅，慢慢说道。她看着爱林娜的眼睛微微有些眯起，就像是透过爱林娜在看另一个人。

女王的声音很轻，轻到连爱林娜也仅仅模糊地听到了"母亲"两个字。爱林娜愣了一下，不知道为什么，她心中很肯定女王提及的应该是她的生母。也就是说，女王陛下认识她的生母？

爱林娜有些恍惚，对于她的生母，爱林娜并没有太多记忆，甚至连名字都不知道。爱林娜从记事起，就知道她是格兰特公爵的养女。对于生母，她似乎从未有过好奇，就算公爵夫人对她并不友善，但爱林娜仍是本能地从心里对生母反感。

因此，爱林娜并不喜欢听到有人提起她的生母。可最近一段时间，不知是有意还是无意，别人在爱林娜面前提及她生母的次数突然变多了。

难道会有什么事发生吗？可她的生母不是已经死了吗？为什么还会有那么多人记得？

爱林娜突然感到有些不安。

“尊敬的女王陛下，不为在下介绍一下这位美丽的小姐吗？”一个低沉而有磁性的声音突然自爱林娜身后响起。

瞬间，爱林娜全身都僵硬了。那个声音有种难以形容的渗透力，好像冰冷的利刃刺进了她的骨髓。虽然他用的是问句，但是那种毋庸置疑的语气却让人根本无法拒绝。爱林娜甚至不用回头，就能知道说话的人是谁。是他，那个有着一双冰蓝色眼睛的人！

这时，女王陛下站了起来，一旁的贵族们都急忙退了几步弯腰以示尊敬。

唯独爱林娜僵在了那里一动不动。女王没有在意爱林娜的失礼，她朝着艾伦亲王笑着说：“当然可以。亲王殿下，这位是格兰特公爵的长女爱林娜·琴·帕森豪芬·格兰特。”

“很荣幸认识您，尊贵的爱林娜小姐。”艾伦亲王朝前走了两步，高大的身躯出现在爱林娜的眼前。

爱林娜僵硬地看着艾伦亲王，身体不可抑制地战栗着。

不知道为什么，这个人身上有一股让她极度恐惧的气息。她的脸色不受控制地变得苍白。她明知道这时候应该说些什么，否则将是一件极其失礼的事。可脑海里却是一片空白，嘴唇颤抖着一句话都说不出。

艾伦亲王的突然出现和爱林娜的沉默让气氛瞬间变得有些诡异。

艾伦亲王静静地等待着爱林娜的回答，脸色平静，似乎丝毫不在意她的失礼。可站在一旁的格兰特公爵和公爵夫人，甚至是女王陛下，都看出了爱林娜的不对劲。

“爱林娜！你在干什么？艾伦亲王在和你说话！”公爵夫人不悦地低声提醒着爱林娜。

爱林娜直到此刻才回过神，可是在艾伦亲王那双冰蓝色的、仿佛完全没有丝毫情感、冰冷得足以冻结一切的眼睛注视下，她完全丧失了语言功能。

她的心脏在剧烈地收缩着，因为恐惧，她甚至觉得内脏都痉挛了。

为什么自己会对一个初次见面的人这样恐惧？

“爱林娜，你怎么了？不舒服吗？”这时候格兰特公爵也看出了她的异样，急忙上前一步，却没想到爱林娜在这一刹那竟软软地倒向了地面。

“爱林娜！”格兰特公爵大惊，立刻扶住了爱林娜，“怎么了？”

“对……对不起，我……我不舒服……”爱林娜在格兰特公爵的怀里终于感觉到了一丝温热。

她完全避开了艾伦亲王的眼神，那双眼睛就像是……噩梦！

“哦，神啊！来人，快送爱林娜小姐去休息室。叫医生来！”女王陛下也吓了一跳，赶紧招呼侍从官。

格兰特公爵扶着无力的爱林娜，歉意地朝着艾伦亲王说：“抱歉，亲王殿下！我女儿似乎有些不舒服。请原谅她的失礼。”

艾伦亲王极其英俊的脸上没有任何表情，完全看不出情绪，语调也同样没有任何起伏，一切就像是最标准的礼仪典范：“鄙人不会介意。格兰特公爵大人，希望令媛能尽快恢复健康。”

格兰特公爵尴尬地笑了笑，道：“感谢您的宽宏大量。请容我失陪片刻。”

说完，他向女王陛下告别后，就在侍从官的帮助下扶着爱林娜走向了休息室，那里有医生正在等候。

女王在看到格兰特公爵和爱林娜远去之后，朝着艾伦亲王说：“抱歉，亲王殿下。没想到爱林娜竟会突然感到不适。”

一旁的公爵夫人企图挽回艾伦亲王对他们家族的印象，竟然破天荒地说起了爱林娜的好话：“艾伦亲王殿下，真的很抱歉。爱林娜平时并不会……”

“本人并不介意。抱歉，失陪一下。”

艾伦亲王似乎并没有耐心听完公爵夫人的话，没等她说完，就打断了她的话语。他向女王微微点了一下头，转身离开。

公爵夫人一句话憋在了喉咙里，看着艾伦亲王远去的背影，脸色顿时变得铁青。

这个小小的不和谐让其他贵族都好奇地看了过来。公爵夫人有种极失颜面的感觉，甚至想就这样退席。

而此刻的爱林娜却并没有办法感受到伯爵夫人内心的诅咒，她正在休息室里接受简单的治疗。

其实，在她离开了艾伦亲王的视线之后，她就感觉好了许多。到达休息室时，她已经不需要别人的搀扶了。但是格兰特公爵很担心，坚持让宫廷医生对她进行了仔细的检查。

爱林娜坐在休息室的沙发上，她很清楚之前只是由于情绪太紧张才引起了眩晕。一想到这番举动恐怕已经很失礼了，就觉得对不起格兰特公爵。

爱林娜转身对格兰特公爵说："父亲，我休息一会儿就没事了。您不用担心。还是去宴会吧。不能让母亲一个人。而且，也请您替我向女王陛下致歉……"

格兰特公爵在爱林娜再三保证她没事后，才离开了休息室，但还是嘱咐爱林娜在这里等他，等宴会结束后，他会来接爱林娜离开。爱林娜答应后，宫廷侍从官和医生也退了出去。豪华的休息室里只留下了爱林娜一个人。

直到这一刻，爱林娜才真正松了一口气。抛开刚才那个让她恐惧的男人不说，爱林娜其实也并不喜欢这样的社交活动。周旋在一群带了面具的人身边，她几乎要觉得无法呼吸。贵族的身份让她连喘息一下的时间都没有。作为格兰特家族的养女，如果她有任何不妥当的举动，都会被人指责丢了家族的颜面。

养女就该有养女的觉悟。

爱林娜捂着自己的脸，露出了一丝苦笑。她知道，其实许多的贵族对她拥有的地位又羡慕又嫉恨，更有不少则是一直等着看她的笑话。所以特别是在这样的场合，爱林娜更不容许自己出错，就算是为了疼爱她的养父。但爱林娜清楚，如果有可能，她根本不期望成为格兰特家族的成员。她宁可自己是普通人家的孩子。就算没有现在这种贵族式的生活，但能够平和安稳很多。

然而，这些不过是自己的想象而已，现实与梦想始终存在着本质的区别啊。爱林娜叹了一口气。休息室里没有别人，她大胆地躺在了柔软得足以让人陷进去的天鹅绒沙发上，如果有人来，她就借口自己不舒服。爱林娜一点都不想动，她甚至为自己想好了理由。

可是，才闭上眼睛准备小睡片刻的爱林娜，脑海中不期然地又浮现出那双冰蓝色的眼睛。爱林娜颤抖了一下，猛地又睁开了眼睛。

那个男人究竟是谁？为什么，为什么她会这么害怕他呢？那双眼睛，看上去……好熟悉！

爱林娜一时间甚至认为自己肯定在哪里见过那双眼睛。可究竟在什么地方？这样的眼睛，她不可能会忘记。可是……为什么她却什么都想不起来呢？

思绪的波动让爱林娜头疼，她不得不阻止自己想下去。无论那个人是谁，爱林娜不认为自己还会和他有什么交集，以后避开就是了。

爱林娜偷偷在心里这样想。困意突然袭来，几乎没过多久，爱林娜的呼吸就变得平稳了许多。年轻而美丽的脸上没有了先前的苍白，面颊红润，这个时候的她，看上去就像一个无忧无虑的少女。

陷入沉睡的她并没有发现，休息室的门被打开了。一个高挑的人影毫无声息地走了进来。如果爱林娜还醒着，那她一定会惊跳起来——来人正是让她毫无缘由地畏惧着的艾伦亲王。

休息室的门在亲王身后无声地关上。

艾伦亲王走到了爱林娜身边，那双冰蓝色的眼睛里没有丝毫情绪。爱林娜像是感觉到了什么，有些不安地动了一下，朝沙发内侧微微侧过了头，却没有醒。黑色长发自然地散开，露出她纤长而雪白的颈部。

艾伦亲王的眼神在触及那一抹雪白之后，无可挑剔的俊俏脸庞上突然瞬间闪过凌厉的神色。快到让人无法捕捉。

艾伦亲王微微俯下身，伸手触到了爱林娜的顺滑黑发，冰蓝色的眼睛微微眯起。

“真的是你吗？”艾伦靠近了爱林娜，低沉的声音响起，“希望这次我不会再错。”

休息室里再次陷入了沉寂，艾伦就这样一动不动地凝视着爱林娜，仿佛一尊雕像。

第二章 CHAPTER 02

THE OFFSPRING OF THE TWILIGHT

诡异之梦

此刻的爱林娜却完全不知道自己究竟是在哪里。

她听到了一个非常熟悉的声音，却无法分辨出那个声音究竟属于谁。她只隐约地感觉到，那是个女人发出的极凄厉的呼喊声，爱林娜甚至都无法分辨出她究竟在喊什么。

泛起的寒意让她控制不住地浑身颤抖，她突然睁开眼睛，却惊恐地发现，自己竟然没有在皇宫的休息室里。

这……这是什么地方？我怎么会莫名其妙来到这样一个地方？我不是正在休息室休息吗？爱林娜不安地四下环顾。

她所在的地方一片昏暗，一轮异常巨大的月亮高高悬在天上，染着诡异的猩红色。凛冽的风夹杂着浓烈的血腥味，狂啸而来。远处有些看似熟悉却又完全陌生的残缺建筑。爱林娜仍穿着她的礼服，高跟鞋踩在全是沙土的地上，这些沙土似乎非常潮湿，有种黏稠的感觉。

爱林娜无法形容自己现在看到的究竟是真实还是幻觉，虽然理智告诉她，这一切应该不是真的，她可能是在做梦。可是，这一切实在是太真实了！真实到爱林娜甚至不敢低头看脚下的沙土是否真的被血浸染了。

这里究竟是什么地方？她……她为什么会在这里？被恐惧深深包围着的爱林娜不可抑制地颤抖，她想要大声呼喊，却发现自己什么声音都发不出。怎么会这样，她惊恐地抚上脖子，尽最大的努力想要发出声音，却发现无论她怎样用力呼喊，却始终一点声音也没有。

整个空间充满着诡异的沉寂，完全没有一丝声息，就好像这偌大的地方只有爱林娜一个人。

就在这时，一声极其凄厉的呼喊突然从爱林娜的身后传来。爱林娜被吓得几乎站不稳，她僵直着身体极缓慢地转过身，在她眼前出现了一幕不可思议的情景。

那是一个披头散发的女人，衣衫褴褛，几乎到了衣不蔽体的地步。她跪在地上，不停地哀号着，手里拿了一柄闪着银光的匕首，一副非常痛苦的模样。

这……这个女人，怎么了？爱林娜惊骇地看着这一幕，双手紧紧握着，甚至没有发现指甲已经深深扎入了手心。爱林娜甚至可以感觉到那个女人在承受着一种无法形容的痛苦。

为……为什么？这个女人究竟是谁？她的声音，为什么会如此熟悉！

爱林娜被疑问淹没了，她想也没想就冲了过去。可是，那个女人却在这时候转过了脸，她的脸被杂乱的黑发遮盖着，完全看不清楚，可爱林娜却察觉到了她的目光！那目光似一把利剑，牢牢地钉住了她。

那个女人的目光竟然是那么可怕！那种刻骨的憎恨，那种无法言说的痛苦和绝望……

爱林娜不由自主地停下了脚步，身体不受控制地向后退了一步，她不敢再靠近。而那个女人却在这一刻疯狂地笑了起来，尖锐的笑声一直在黑暗中回响。她朝着某个方向看去，接着，她高高举起了手中的匕首，然后丝毫没有犹豫地重重刺向自己的胸口。

“不！”

爱林娜控制不住地尖叫，但紧接着，她就发现，其实她什么声音也没有发出来。她眼睁睁地看着大量鲜血从那个女人的胸口喷涌而出，瞬间渗入沙土之中。空气中弥漫着越发浓烈黏稠的血腥味。

爱林娜无力地瘫软在地。而就在这时候，那个女人之前看过去的地方，缓缓地走出一个人。爱林娜难以置信地看着这一切——那双冰蓝色的眼睛，那无可挑剔的俊美容颜，那头耀眼至极的银发。

那个人是……是艾伦亲王？怎么可能？这怎么可能？他……他怎么会在这里！

爱林娜惊恐地想要后退，却发现自己根本动不了。不过艾伦亲王似乎完全没有看她，而是一步步走到了那个女人身边。艾伦亲王在女人身边单膝跪下，手伸向了深深插在女人胸口的匕首。

爱林娜难以置信。艾伦亲王把匕首拔了出来，极低沉极缓慢的声音响起：“这就是你想要的吗？那就如你所愿吧。”

说完，亲王拿着匕首头也不回地离去。然而，那么一瞬间，爱林娜似乎觉得她和亲王的眼神有过交汇，但看着亲王那头银发逐渐在昏暗血腥的空间里消失，爱林娜感觉这或许是错觉……

爱林娜恍惚了一阵儿，好一会儿才意识到无论艾伦亲王是为什么突然出现在这里，她是不是都应该去看一下那个自杀的女人？然而，当爱林娜再度看向那个自杀的女人时，眼前却已经空无一物！无论是那个女人还是之前四溅的血液，已经完全消失了，就好像从来没有出现过。怎么可能，这到底是怎么回事？

爱林娜目瞪口呆地愣在那里，她无法解释这一切究竟是怎么发生的！为什么？为什么她会看到这些？刚才的那一幕就像潮水一般再度涌进爱林娜的脑海，瞬间，一阵剧痛袭来！爱林娜几乎没法发出呻吟，瘫倒在了地上，而头却疼得越来越厉害。她终于无法承受，晕了过去！

“爱林娜？爱林娜，醒醒！”

爱林娜迷迷糊糊地听到格兰特公爵的声音，她一下子睁开了眼睛。格兰特公爵正皱着眉头看她。

“父……父亲……”

爱林娜的脑海里仍是一片混乱，但在看到格兰特公爵的一瞬间，她松了一口气。

那种剧痛已经消失，可那几近真实的一幕，却让爱林娜无法完全从脑海中抹去。她不由自主地四下看了看，发现自己仍在皇宫的休息室里，而不是那充满骇人血腥味的荒漠。这才彻底地松了一口气。

“爱林娜，你觉得好点了吗？” 女王的晚宴很快就要开始了。公爵夫人催着格兰特公爵快点把爱林娜叫来。刚才爱林娜的突然退席，已经相当失礼了。格兰特公爵见爱林娜的脸色似乎仍不太好，犹豫着是不是应该送爱林娜回去。

爱林娜发现了格兰特公爵的担忧，不禁深吸了一口气，平静下来。

那只不过是个噩梦而已，不用怕。她在心底暗暗地对自己说。

她并不愿格让兰特公爵为她多操心，于是露出一抹笑容，故作轻松地说：“父亲，我没事了。刚才睡了一下，好多了。您不用担心。”

“那就好……爱林娜，刚才……你没看到其他人吗？”格兰特公爵犹豫了一下，一种莫名的不安让他忽然问了一个问题。

当他快走到休息室的时候，好像看到了艾伦亲王从休息室里走出来，但是当他定睛望去的时候，能够看到的只有微微开启的休息室的门。

格兰特公爵急忙走进休息室，看到爱林娜躺在沙发上，委实吓了一跳。不过看上去爱林娜似乎只是睡着了。

虽然格兰特公爵并不确定他看到的确实是亲王，但是……多少有些担心。

爱林娜愣了一下，随即微微一笑：“父亲，怎么会有其他人？这里是女王的休息室啊。”

如果她梦境中的那两个人不算的话……

爱林娜确实没有意识到休息室里还有其他人存在。

格兰特公爵心里安定了下来，看来爱林娜确实是睡着了，至于他看到的那个背影……或许是眼花吧。

爱林娜挽着格兰特公爵再度回到了宴会厅。女王陛下还非常关心地问了爱林娜的情况。爱林娜向女王陛下致谢，才走到了她的席位。

爱林娜暗中留意了一下，发现宴会桌上居然没有艾伦亲王的身影，甚至他的那些朋友也全部不见了。

难道他们先离开了吗？这对女王而言是多么失礼的一件事啊！

发现这个情况的似乎不仅仅是爱林娜一个人。就连公爵夫人都压低了声音在和格兰特公爵说着什么。其他的贵族似乎也在猜测。

艾伦亲王究竟是什么人呢？爱林娜联想到梦境中那双冰蓝色眼睛，以及那时候，那个人全身所散发着的极低沉的气息，那么压抑，那么冰冷……

爱林娜一边吃一边走神。至于这长长的餐桌上究竟在讨论些什么，她一点都没有听进去。等她回过神的时候，侍从已经送上了餐后的甜点和红茶。

爱林娜知道，从现在起就是贵族们互相恭维吹捧的最佳时段。自古以来就有这种传统，当然，对此爱林娜是一点兴趣都没有的。

在听了一会儿格兰特公爵和公爵夫人与其他几位贵族的交谈后，爱林娜强忍着想要打哈欠的不雅行为，悄然站起身，说了句“失陪”，就走出了宴会厅。

爱林娜所在的位置是皇宫的深处，平日里只有女王陛下和她的近臣们会出入。爱林娜也是第一次来。这个地方的守备要比皇宫外围更森严一些，虽然不太看得到守卫，但是整个走廊上都装有红外监控。

爱林娜一出门，就有侍从官迎上来，为她带路。深宫是不容许随意走动的。

爱林娜一开始并没意识到这一点，一时间也没想到自己究竟想去哪里。看着正等她答复的侍从官，爱林娜顿了顿说：“我想出去呼吸一下新鲜空气，能请您带路吗？”

“当然可以，爱林娜小姐。”侍从官躬身行礼，走在了前面。

不一会儿，爱林娜来到了皇宫的又一处休息室，玻璃门外面有个巨大的半圆露台。侍从官给爱林娜拿了一些饮料后，才小心地关上休息室的门。

爱林娜站到了露台上，夜风徐徐地吹着，月亮悬在半空，眼前则是大片的湖泊。银光洒在湖上，随着水波荡漾出现点点斑斓的闪耀，好像把星光揉碎在湖面上了。不远处有草坪和婆娑的树影。月光皎洁，爱林娜沐浴着带着淡淡银白色光晕的月光，心情无比轻松。此刻的她就像是月光中无声吟唱的精灵，在没有喧嚣的皇宫里，是这么安静，这么美丽。

“看来您很喜欢这里，漂亮的小姐。”一个带着温柔笑意的声音突然间在爱林娜的身后响起。

爱林娜一惊，转身就看见一个金发男人斜斜地靠在露台的一边，手上还拿着一杯红酒，看上去已经站了很久。

爱林娜有些脸红，她竟没有发现露台上还有其他人。

不过，这个男人长得非常俊美，狭长的眼睛，薄唇微微上挑，看起来温柔而略带邪气。这种相貌让人很难忘记。爱林娜几乎立刻就想起来了，这个人似乎是艾伦亲王的朋友，之前在宴会上也出现过。只是到了用餐的时候，他们就都不见了。爱林娜本来以为艾伦亲王一行人应该已经离开了，没想到还留在皇宫里。

“您好！”爱林娜很有礼貌地打了一声招呼。她虽然对艾伦亲王有种莫名的畏惧，但是对别人却没有。

况且眼前这个男人笑得非常温柔，让人忍不住产生亲切感。

“晚上好！漂亮的小姐，您怎么没去参加晚宴，却到这里来了呢？您是格兰特亲王的女儿爱林娜吧？”男人端着酒杯走到了爱林娜身侧，语气非常柔和。

爱林娜没想到这个男人竟然知道她的名字，有些不安地点了点头：“是的！先生，我是爱林娜。我只是觉得有点闷，想呼吸点新鲜空气……您是……”

“呵呵！皇宫的宴会是最无聊的。看来您也这么想。哦，您看，我都忘记自我介绍了。真失礼，您可别介意。”男人微笑着说。

“不，怎么会……”爱林娜表示自己并没在意。她看到眼前的男人因为她的话而笑眯了眼睛，在柔和的月光下，他的眼珠竟然像猫一样，呈现纯正的琥珀色，流光溢彩……爱林娜不禁看得有点发愣。

男人依然带着温柔的笑容：“很高兴认识您，命运的女孩。我是拉泽·迈卡维。”

“您……您好！迈卡维先生。”爱林娜并不太明白为什么这个男人会称呼她“命运的女孩”。

刚想问的时候，却被迈卡维的话打断了。

“爱林娜小姐，您觉得这里怎么样？”迈卡维问道，一边品了一口手中的红酒。

爱林娜看着迈卡维喝下红酒，心里升起一种奇怪的错觉。

他就像是尝到了绝世美味，鲜红的舌尖沿着嘴唇舔了一圈。整个人都像猫似的舒展开，感觉瞬间放松了下来。当然，这只是爱林娜一瞬间的感受。可红酒……有那么好喝吗？并且，为什么那杯红酒看上去如此黏稠猩红……

“这里很安静，很漂亮。我真没想到皇宫也有这么美的地方。”爱林娜努力让自己忽视那种诡异的感觉。

是因为做了那个令人恐惧的噩梦吧，所以看到什么都觉得奇怪……

迈卡维眯起了眼睛，嘴角微微勾起：“是吗？不过，您不会是第一次来这里吧？”

“哎？是啊。我很少参加宫廷的宴会，这里也是第一次来。”爱林娜坦然地说。

“呵呵。原来是这样……但是，您不觉得这里很熟悉吗？”迈卡维意有所指地说。

“咦？熟悉？”爱林娜有点发愣，迈卡维这么说是什么意思？难道她应该对这个地方很熟悉吗？

爱林娜不禁又四下打量起来，仔细回想了一下。嗯，她还是不觉得自己来过这里。如果她曾经来过这么美丽的地方，没道理不记得啊。

迈卡维一直仔细地观察着爱林娜的表情，在看到少女脸上的茫然之后，他脸上的温柔笑容里透露出了一丝冰冷。

他动了动嘴唇，想开口再说些什么。就在这个时候，两人的对话被另一个冰冷的声音打断。

“拉泽，你在干什么？”

声音才响起，爱林娜的手立马一颤，拿着的饮料杯掉了下去。迈卡维瞬间伸手，接住了饮料杯，避免了杯子被摔碎。

迈卡维笑嘻嘻地抬起头，对着脸色苍白的爱林娜说："爱林娜小姐，小心哦。"

"谢……谢谢。"爱林娜强忍住颤抖，接过杯子，然后僵硬地转过身。

不远处的阴影中站着一个人，正是让她恐惧的艾伦亲王。

至于艾伦究竟是怎么出现的，爱林娜已经没有心思去探究了，她甚至不敢看艾伦，否则那双冰蓝色的眼睛就会和她的噩梦重叠。她现在只想马上离开。

但是，艾伦亲王显然并不知道爱林娜在想什么，他只是很平静地一步步走出阴影，来到爱林娜面前，缓缓地说："爱林娜小姐，我们又见面了。"

爱林娜浑身发抖，完全不敢抬头去看他。

她必须用尽全身的力量，才能让自己不转身逃跑。

爱林娜，冷静下来，你不能再失礼了，不然格兰特家族的脸面都要被你丢尽了……她在心里拼命地对自己说着，强烈的家族荣誉感终于让她鼓起了一丝勇气。

爱林娜握着饮料杯的手用力到指节泛白，才勉强用平常的语气说："艾……艾伦……亲……亲王……"

不可避免地，爱林娜的声音颤巍巍的，音调都拔高了，有些刺耳、尖锐。

艾伦面无表情地看着爱林娜，并没有说话。两人之间的气氛出奇地怪异。迈卡维左右看了看，暗自撇了一下嘴，谁都看得出来，爱林娜似乎非常怕亲王。为了打破沉寂，迈卡维不得不开口：“亲王殿下……”

不过让迈卡维没想到的是，他才出声，就被艾伦打断：“你退下。”

“哦？这……这样好吗？”

迈卡维愣了一下，但艾伦完全没有看他。迈卡维皱皱眉，这种情况下，亲王想要单独和爱林娜说些什么呢？没看到她吓得都快晕倒了吗？

“退下！”艾伦的声音没有丝毫起伏，却是绝对的命令，刀锋一样锋利。

迈卡维挑了挑眉，朝着艾伦微微躬身一礼后，就对爱林娜挥了挥手：“哦！美丽的小姐，看来我们要下次再见了。祝您好运！”

迈卡维的语气相当令人回味。话音才落，他就施施然地离开了。整个露台上只剩下了爱林娜和艾伦亲王。爱林娜完全不知道艾伦为什么要让迈卡维离开，没有了其他人在旁边，爱林娜更是害怕得浑身发抖。

虽然对她而言迈卡维也是初次见面，可是远比眼前的这个人让她觉得安全。

无论那个梦境究竟想说明什么，现在艾伦亲王全身上下所散发的气势已经让爱林娜无所适从了。那双冰蓝色的眼睛仿佛能够将她割裂、看穿。

“您……如……如果您没……没事，我……我也先离开了！”

爱林娜自己勉强说完这句话后，就慌忙想要绕过艾伦亲王，尽快离开这个恐怖的男人。她一秒钟都不想和他单独待在一起。

然而，没想到的是艾伦亲王居然横跨一步，拦在了爱林娜身前。爱林娜忍不住尖叫一声，朝后退去。背撞上了露台的栏杆。她惊恐地看着艾伦，剧烈地喘息着："你……你想干什么？"

艾伦亲王没有理会爱林娜的惊呼，他迎着她的目光上前两步，站到了爱林娜身前。爱林娜绝望地看着他，几乎就要窒息了。

艾伦那双冰蓝色的眼睛里此刻似乎跃动着蓝色的火焰，完全没有温度。爱林娜突然有种心脏被紧紧握住的感觉，她甚至可以看到那股火焰正映着她的影子，仿佛在灼烧她的灵魂！爱林娜不敢再看，慌忙避开。

艾伦突然伸出手捏住了爱林娜的下巴，强迫她看向自己。然后，艾伦低沉却没有起伏的声音响起："你怕我？"

艾伦的话虽然是问句，但他的语气却是肯定的。

"你为什么怕我？还是，你觉醒了？"他最后的那句话，语气冰冷得仿佛从地狱而来。

爱林娜被吓得完全不敢动，牙齿都有点打颤。她不知道自己为何会如此害怕这个男人。究竟为什么？如果仅仅因为那个噩梦，她不可能这样失态。可是……除了那个因素之外，爱林娜完全不记得自己和这个男人有过任何交集！她甚至从未见过他！

而且，艾伦的问话也让爱林娜觉得诡异！什么叫"觉醒"？这是什么意思？

"回答我。"艾伦的手更用力了。

爱林娜觉得下巴好像快脱臼了，她忍不住痛哼一声，泪水从她的眼眶里溢出，她甚至不知道自己应该对这个男人说什么。

“放……放开我……救……救命……你……你要干什么？”爱林娜再也忍不住，低声呼救。

但是她的呼声显然没有任何人可以听到。整个露台和休息室甚至外围的庭院里连一个人影也没有。更诡异的是，动物的鸣叫声也完全听不到。整个空间似乎就只有爱林娜和这个男人。

为……为什么会这样？

爱林娜的脑子里一片混乱，她开始挣扎，却怎么都没法挣脱艾伦的手。一声声的“放开我”没有丝毫用处。

“你知道我是谁？”艾伦再度问道。

爱林娜慌乱地摇头，她不明白艾伦这么问她究竟是什么意思。

他是谁？他不是艾伦亲王吗？他还会是谁？他究竟是什么意思？

爱林娜的眼泪开始滑落：“放开……放开我……你……艾伦亲王……为……为什么！”

艾伦冰蓝色的眼睛里闪过一抹凌厉的光芒，好像是要分辨爱林娜话中的真假。在他冷冷地看了爱林娜一会儿后，冷峻的面容上突然勾起了一抹诡异的笑容：“你真的不记得我是谁？”

神啊！谁会知道你是谁！我们难道不是第一次见面吗？爱林娜在心底呐喊。

她极惊恐地摇着头，眼神无比慌乱，她根本没明白艾伦亲王究竟为什么这么问。

“原来如此。那么我让你想起来，怎么样？”艾伦亲王的语气在这个时候突然变得极其温柔。

爱林娜完全不知道眼前这个危险的男人究竟想干什么，却突然看到艾伦亲王那张极英俊的脸猛地在自己眼前放大。

……

爱林娜甚至来不及尖叫，她的嘴唇就被艾伦吻住。爱林娜难以置信地瞪大眼睛看着艾伦，全身僵硬，一时间都无法弄明白发生了什么。

艾伦深深地吻住了爱林娜，冰冷的气息侵占了爱林娜柔嫩的嘴唇。气氛突然间变得诡异且热烈。艾伦一手托着爱林娜的下巴，另一手则紧紧地环上了爱林娜的腰，将她整个人锁在怀中。

可是无论这个吻看上去有多么热情似火，艾伦的眼中仍是冰冷的蓝色，没有一丝温度。爱林娜深深地将他的目光看在眼里，意识到这个人恐怕根本就没有感情。

如果这个吻是发生在一对恋人之间，想必会非常甜美。可是眼下这两个人，怎么都和情侣搭不上边。

爱林娜刚刚认识艾伦不久，并且还对他充满着莫名的恐惧。

爱林娜愣了一瞬间，终于想起要反抗。她拼命地想要推开艾伦，可未曾想到男人的力量根本就不容她反抗。爱林娜就这么牢牢地被艾伦抱在了怀里。

爱林娜被逼急了，于是狠狠地一口咬在了艾伦的舌头上。一股淡淡的血腥味在口中蔓延，爱林娜莫名地颤了一下。

为什么……这种味道竟让爱林娜觉得异常熟悉，甚至有种恋恋不舍的感觉。

爱林娜被自己吓了一跳，她怎么会这样想？

就在爱林娜再度愣神之际，艾伦终于放开了她，不过却没有让爱林娜离开他的怀抱。艾伦面无表情地看着爱林娜，态度冷漠而平静，怎么看都不像是刚刚结束一个热烈的长吻，只有他嘴唇上淡淡的血迹证明着刚才那一切的真实。

爱林娜气喘吁吁地狠狠瞪着他，虽然因为情绪波动忘记推开艾伦，但后知后觉的愤怒却让她感到异常恼火。

艾伦若无其事地伸出手，拇指利落地擦过嘴唇上的血迹。他的目光冷冷地掠过指尖的那一抹红色，旋即微微挑了挑眉，对着爱林娜说："你属猫？"

要是她属猫就会咬死他了，爱林娜愤怒地想。只是紧接着她就被艾伦这一系列动作——包括那略带着戏谑的问句弄得有些回不过神。

不可否认，艾伦亲王殿下绝对是一个充满魅力的男人，先前那个无意识的小动作充满了某种无法描述的诱惑。

艾伦要比爱林娜高出一头，身体修长而健硕，那身燕尾服完全勾勒出了亲王殿下完美的身材。环在爱林娜腰际的手臂是如此有力，她甚至可以感觉到来自亲王殿下身上肌肉的张力。此刻正在艾伦亲王怀中的爱林娜，不管是被迫还是自愿，她都无法忽略两个人因为身体接触而带来的感觉。她抬头看着亲王，从这个角度看，艾伦亲王的脸几近完美。坚毅的下巴，紧抿着的薄唇，高挺笔直的鼻梁，还有那双可以看透人心的冰蓝色眼睛……

爱林娜走神了片刻，想着如果真的要挑剔，那么可能就只有这个男人的脸色了。离艾伦这么近，爱林娜再一次肯定，亲王的脸色很白，一点血色也没有。

那是一种让人觉得不安的苍白。

“怎么？想起来了？”艾伦亲王淡漠的声音自爱林娜头顶飘了过来。

爱林娜这才意识到自己究竟在乱七八糟地想什么……这个男人长得再英俊、再潇洒，再有男人味都和她也没有一点关系！更何况，这个该死的男人还是个变态！

什么亲王？什么绅士？他简直侮辱了“贵族”这个词！

爱林娜被强吻之后，终于在怒火中烧之下忘记了恐惧。她伸腿重重地踢了艾伦一脚，这是她在学院里长年练习击剑的收获。虽然击剑用的是剑，但步法和脚力也是很重要的。

一开始格兰特公爵夫人还有点反对她练习击剑，说什么一个女孩子学学音乐已经足够了，还舞刀弄枪的干什么？难道不怕嫁不出去吗？倒是格兰特公爵还算支持爱林娜，认为击剑再怎样也是一项贵族的运动，虽然贵族中男性玩击剑的比较多，但也不乏女性。现在，爱林娜当然不会后悔自己学了击剑，她甚至在想为什么她没去学武术，如果那样就不会像现在这样束手就擒，毫无办法。

“你给我放手！你这个浑蛋！”爱林娜在踢了一脚之后，一边大声说着，一边还想再踢他一脚。

艾伦看着怀中几乎气炸的爱林娜，眼神闪烁。那一脚对他而言根本无关痛痒，不过却让艾伦看出怀中这个少女似乎和外表的乖乖女模样有着很大的差别。帝国贵族的女人不都是娇娇弱弱，一吓就哭吗？爱林娜之前还有点那种感觉，可现在完全没有了。

由于气愤，爱林娜的脸像涂了深色的胭脂一样通红通红的。顿时显得比之前那娇柔的贵族小姐模样更有活力，更加生动，更加光彩照人。

这才是她的个性吗？应该是这样吧……那个人不也是这样……

艾伦深深看了爱林娜一眼，然后松开了手臂。

在艾伦松手的那一瞬间，爱林娜就像只饱受惊吓的兔子般向后一跳。不过她显然忘记自己快靠着露台边缘了。因此，被坚硬的石栏重重地撞了一下后，她一个重心不稳，就摔到地上了。

艾伦及时伸手，避免了爱林娜与地面亲吻。

爱林娜发现自己重新回到了艾伦的怀抱。

“看来你好像并不希望我放手？”艾伦淡淡地说着，那种平静的语气让爱林娜异常恼火。

爱林娜脸上发热，愤愤地甩开艾伦的手，大声说：“不劳你操心。亲王殿下，我要走了。失陪！”

她觉得自己不可能再和这个人多说什么。

这是一个彻底的流氓！如果可以的话，爱林娜希望能够让这个家伙消失，不过爱林娜也知道，她只能把那个吻当成是被狗咬了一口。

他是高高在上的亲王大人，而她，不过是公爵家不受夫人喜欢的养女而已。

爱林娜打定主意，想绕过艾伦离开休息室。不过，爱林娜的想法显然太天真了。

“怎么？我们还要这么生疏吗？”

艾伦拦在爱林娜身前。

爱林娜气愤极了，她愤怒地说：“亲王殿下，请你自重！你究竟想干什么？”

艾伦破天荒地皱了皱眉，他看上去有些困惑。

他的视线紧紧地锁在了爱林娜身上。

“你还没觉醒？你不记得我？”

这是爱林娜今晚第二次听到“觉醒”两个字了。虽然她不知道艾伦究竟想说什么，但是看得出来，这个人恐怕是误会了。所以才会这么盯着她！

爱林娜强压下怒气，深吸一口气，对艾伦说：“抱歉，亲王殿下！我根本不明白你说的什么觉醒。而且我们今天是第一次见面，我不认为我们之前见过面！因为我根本不记得你！”

艾伦的眉头彻底皱了起来。看着他若有所思的样子，爱林娜忍不住惊讶——这个男人居然也有表情？

爱林娜又继续说：“亲王殿下，我想你是认错人了。刚才发生的事，我不会追究，我想我们也不会再见了。再见！不是，是再也不见！”

说着，爱林娜不等艾伦有反应，就径自快步朝休息室外走去。艾伦听了爱林娜的话后，也没有多说什么，只看着她离开。

爱林娜这才微微放松了，可走了几步之后，她又觉得不太对劲。回头一看，果然艾伦亦步亦趋地跟在她身后。

爱林娜脸都黑了，这个人究竟想干什么？

“你可不可以不要跟着我？”爱林娜忍无可忍地回头吼了一句。所幸他们还在休息室，否则爱林娜的淑女形象全毁了。

“我没有跟着你，爱林娜小姐。”艾伦回答得非常干脆。

爱林娜又走了几步，到了休息室门口，艾伦在离她一步的地方停了下来，还相当绅士地问了一句：“你不出去吗？”

“亲王殿下，您先请！”

爱林娜侧身让了一步，咬牙切齿地看着这个蓝眼睛的家伙。

对他的恐惧已经完全消失了。知道他就是个可恶的浑蛋之后，爱林娜对艾伦只剩下了深深的厌恶。

“应该是我们一起走。”艾伦平静地说。

爱林娜差点跳起来：“谁要和你一起走！”

“真抱歉，我要去见女王陛下。而回到宴会厅也只有这一条路。爱林娜小姐，看来你不得不和我同行了。”

艾伦的语气里没有一点“抱歉”的意思。

爱林娜的脸色已经难看到了极点，她怒气冲冲地说：“我不准备回宴会厅。我要回家！”

“中途退席，对女王陛下可不太礼貌。而且格兰特公爵会同意吗？”

艾伦仍是一成不变的语气。不过这种语气听在爱林娜耳朵里，就像是毫不掩饰的揶揄和幸灾乐祸。

“不用你操心！”爱林娜咬牙切齿，她才不想和这个男人一起回宴会厅。

“不过，你不回宴会厅，恐怕也不行。我的部下告诉我，女王陛下正在找你。”艾伦身上冰冷的气息仿佛瞬间消失了，但是他这一刻显露的悠闲却更加让爱林娜痛恨。

爱林娜冷笑一声：“亲王殿下，你还能未卜先知吗？”

她才不信这个人的话。女王陛下怎么会连着两次召见她？她又不是什么重要人物。更何况，亲王一直和她在露台上，根本没见过什么“部下”，他又怎么知道女王要召见她？

艾伦面对爱林娜毫不掩饰的怀疑，只是扬扬眉，耸耸肩，而后推开了休息室的门。这时候，休息室外走来一位侍从官。

侍从官看到站在休息室门口的艾伦亲王和爱林娜小姐，立刻恭敬地行礼：“亲王殿下，爱林娜小姐，女王陛下有请。”

啊？

爱林娜愣了一下，怎么可能？女王竟然真的在找她？

她本能地看向了艾伦。

难道这个男人真能未卜先知？不，这一定是巧合！爱林娜暗自咬牙。

艾伦恢复了面无表情的样子，他甚至没有理会爱林娜投来的目光，朝着宫廷侍从官微微点头：“知道了。我和爱林娜小姐会去的。”

说着，艾伦当着侍从官的面，向爱林娜伸出手：“能让我荣幸地为您引路吗？”

这时的艾伦亲王无论是表情还是动作，都是那样从容而优雅，有着真正的贵族的气度，散发着让人难以漠视的威严。

爱林娜心里矛盾极了。

他和刚才对她做出强吻行为的男人，简直判若两人。爱林娜知道自己这时候不应该拒绝，可是她却无法伸出手。

这样的艾伦亲王让人忍不住心跳加速，可爱林娜却在那双冰蓝色的眼眸里看出了危险。

“爱林娜小姐？”艾伦像是没有注意到爱林娜的僵硬，又追问了一句。

不得已，爱林娜握住了他的手，在艾伦亲王的引领下，默默地走向了宴会厅。

第三章 CHAPTER 03

秘密的逃亡

THE OFFSPRING OF THE TWILIGHT

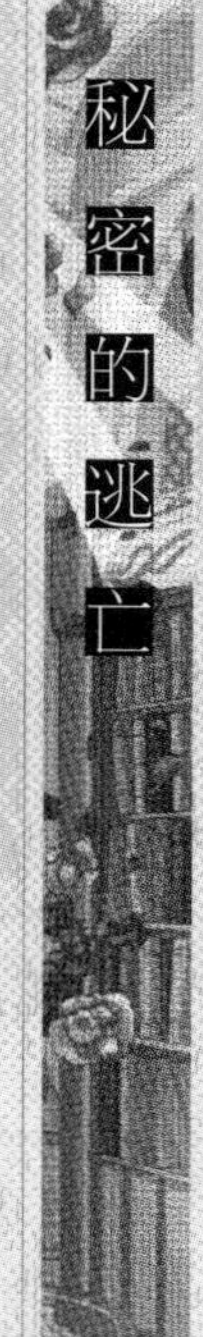

晚宴过后，按照帝国的惯例，舞会就要开始了。当爱林娜和艾伦来到宴会厅时，贵妇们正像一只只花蝴蝶随着轻快的乐曲翩翩起舞。不过，很显然在场所有的贵族都没有完全沉醉在舞蹈里。

艾伦亲王的再度出现让这些贵族不约而同地停下了脚步。而和亲王殿下一起出现的爱林娜更是让他们流露出惊讶的神色，就好像看到了什么不可思议的事。

果然会这样……

爱林娜无奈地想。她只是格兰特公爵的养女而已，现在却和帝国贵族圈的新晋，更是女王陛下亲自介绍的一个莫名其妙的亲王携手出现……

爱林娜可以想象会有多少人说她不知天高地厚了。不可否认，艾伦亲王殿下不仅是外表，他的身份，甚至是全身散发的那种王者气势，就已经足够吸引帝国贵族们的眼光了。

爱林娜极低声地诅咒了身边这个毫无表情的男人一句。

没想到引来的是艾伦亲王相当亲密的附耳动作。亲王几乎就是贴着爱林娜的耳畔低声说："我听见了。这可不是淑女应该说的。"

爱林娜惊讶地看着艾伦，脸颊红得像三月的桃花。

"爱林娜，你去哪儿了？"格兰特公爵微皱着眉头，朝着爱林娜走了过来。

艾伦亲王竟然会和爱林娜一起出现，这让格兰特公爵有点措手不及。

贵族圈太过复杂，他不希望自己的女儿成为话题人物。跟在格兰特公爵身后的公爵夫人神情有些古怪，她没想到爱林娜竟然这么快就和今晚的话题人物——艾伦亲王走到了一起。

看到格兰特公爵走过来，爱林娜总算松了一口气，用力挣脱了艾伦美其名曰“扶着”她的手，向前赶了两步，来到养父身边：“父亲！”

她的语气里有说不出的感动。是的，她再也不要离开父亲了。

格兰特公爵看到她异样的神色，微微皱起眉头。他上前一步，把爱林娜挡在了身后，对着艾伦亲王点头致意：“亲王殿下，希望我的女儿没有什么失礼的地方。”

艾伦朝着格兰特公爵微微欠身，说：“爱林娜小姐……相当可爱。”

周围都竖着耳朵的贵族们听到这句话之后，一阵讶然。格兰特公爵的脸色顿时有点难看，这种情况下艾伦亲王说出这样暧昧的话究竟是什么意思？

“爱林娜还是个孩子。”

说着格兰特公爵朝艾伦点了下头，说：“女王陛下召见爱林娜，我要送她过去。失陪了。”显然格兰特公爵并不想和艾伦亲王有过多的交谈。说完之后，转身准备带着爱林娜离开。

不过显然艾伦并不是这么想的。

“请稍等，公爵大人。”艾伦扬声说，“本人也准备去见女王陛下。不如一起吧。”

这回不仅格兰特公爵愣住了，就连其他的贵族也都有些惊讶。格兰特公爵以为他并不想和艾伦亲王多言的态度已经很明显了，可是没想到艾伦根本就不答理他。

爱林娜跟在格兰特公爵身后深深地叹了一口气。看来这个人根本就不懂什么叫“看人脸色”。不过，艾伦那种理所当然的态度和语气，显然就是久居上位者才会有的气势，根本容不得别人反对。恐怕他也从来没想过要去注意别人的脸色吧？

究竟这位亲王是哪里来的怪胎贵族？这种王者气势，可不是一般的贵族有的，就连女王陛下在气势上也略逊一筹。

爱林娜不由得在心底揣测起亲王的身份来。

此刻，格兰特公爵当然也不可能拒绝艾伦亲王的要求，他神色僵硬地点头表示同意。所幸这时候公爵夫人上前插话，才让尴尬的气氛不那么明显。

公爵夫人显然对艾伦亲王很感兴趣。在去见女王那短短的几分钟路程里，公爵夫人就问了不少的问题。艾伦虽然仍是面无表情，但还算有问必答，如果区区几个“是”“不”也算回答的话，那么亲王殿下还是非常给公爵夫人面子的。

走在前面的爱林娜没法阻止那两个人的对话飘进自己耳里，除了微微皱眉之外，她只能对这样的情况表示无奈。

在强撑的平静状态中，几人走近了女王。

女王正坐在座位上，神情显得有些疲倦。但是看到他们的时候，就坐直了身体，对着艾伦亲王打了一声招呼：“亲爱的亲王殿下，快来这里坐。”

艾伦微微点头致意，并没有多说什么，就在女王身侧的沙发上坐下。

这情形让格兰特公爵皱了皱眉，但公爵夫人一下子眼睛发亮。艾伦亲王的身份果然不一般。他显然还年轻，绝对不会超过25岁，那么他究竟是什么身份？

难道……他会是女王的私生子？又或者是，某位皇族的……后代？

公爵夫人越想越觉得可能性很大。女王陛下虽然很少有绯闻，但是并不代表没有，不是吗？更何况皇宫里的关系谁又说得清楚？公爵夫人暗自揣测。

而女王陛下倒是关心起爱林娜了。她招呼爱林娜走近，关切地问：“孩子，你感觉好些了吗？”

爱林娜笑了笑，恭敬地答道：“感谢您的关心。已经没事了。”

女王点点头，道：“那就好。格兰特，你也真是的。爱林娜要是不舒服，就不该勉强她来。”

格兰特公爵笑了笑没有说话。爱林娜有点受宠若惊——自己不过是贵族家庭养女的身份，什么时候让女王陛下另眼相待了？

爱林娜不禁开口道：“女王陛下，您召见我，有什么是我可以效劳的吗？”

女王看着爱林娜笑了笑，却转向了艾伦，相当愉悦地说：“雷塞尔·特瑞多爵士为我作了一首新的钢琴曲，我想，作为他的学生，爱林娜你或许会愿意与我们一起欣赏这首曲子？”

“咦？老师？”

仿佛是在回应爱林娜的低呼，宴会厅里传来了贵族们发出的惊叹。

“看样子他似乎来了……”女王在侍从官的搀扶下站了起来，然后转过头来对着爱林娜微笑。

爱林娜难以置信地看着出现在门口的那个人。

那不正是她的音乐启蒙老师，也是世界最著名的音乐家之一的雷塞尔·特瑞多吗？可他不是从来都不会参加任何宫廷贵族聚会的吗？他又怎么会到这里？难道是女王邀请的？今天究竟是什么日子？总有出人意料的事发生。

爱林娜的目光不自觉地落在了那个人的身上。修长的身材，蜜色的长发，始终带着亲切而优雅的笑容，却又给人一种不可触及的高贵感觉。雷塞尔不愧是世界级的巨星，一到场就吸引了所有人的目光。

这位音乐家是出了名地倨傲，从来没把贵族圈放在眼里。

深知雷塞尔·特瑞多个性的爱林娜从来没有想过他竟然会答应女王在众人面前演奏。要知道这位音乐天才向来都是我行我素，也没见他对谁妥协过，就算女王他也一样不理不睬。谁知道，她的老师特瑞多爵士今天居然也同意了女王的邀请。

这可真是让爱林娜大跌眼镜。

爱林娜偷瞥了一眼站在她身边的艾伦，见他的注意力也在雷塞尔身上，她悄悄往旁边站了站。然而艾伦却像是知道了她的意图似的，瞬间抓住了她的手腕。他的手劲很大，但并没有伤到她，只是把她的手禁锢在一个只能微微动作的小空间里。爱林娜不免有点咬牙切齿。

“安静。听听你的老师演奏什么新曲目。”艾伦低沉的声音从爱林娜的上方传来。

爱林娜愣了一下，本能地抬头看艾伦，他怎么会知道雷塞尔是她的导师？

“你怎么……”

爱林娜才说了一半，看见艾伦面无表情的模样，爱林娜忽然意识到，她恐怕什么都问不出来。

正当爱林娜郁闷的时候，雷塞尔已经走到了钢琴前。片刻后，乐曲声响起。让爱林娜惊讶的是，这首曲子确实是她从未听老师演奏过的，而且曲调与雷塞尔平时的音乐风格迥异。整个曲调宛如仙乐，充满了冥想和绵长的神秘感，极富感染力。雷塞尔高超的演奏技巧令在场所有的人深深沉醉了，好像置身于超凡脱俗的迷幻境地。

这是多么美妙的音乐啊……

不知听了多久，爱林娜神情有点恍惚，整个人也晕乎乎的。乐曲始终萦绕不散，她似乎漫步在云端。我怎么了？爱林娜问自己，好像有些不太对劲……是错觉吗？她为什么听见那个可恶的艾伦亲王在对着谁说话？他们不是应该在舞会上吗？

爱林娜想到这里的时候，整个人像是突然惊醒了一般。她猛地睁开眼睛，眼前却闪过一阵刺眼的亮光。使劲眨了眨眼睛，好一会儿她才终于看清。她还是在皇宫里，甚至还是在舞池中央。只不过她正躺倒在地上，那刺眼的灯光，正是宴会厅顶上的巨型吊灯发出的。爱林娜试图动一下，却发现自己根本没法动弹。

惊慌的情绪涌来，这到底是怎么回事？她究竟怎么了？为什么动不了？爱林娜只能在有限的范围内四下探寻想要叫人帮忙，却发现在她周围躺满了参加聚会的贵族。就在这时，爱林娜看见了艾伦亲王的身影。他正站在离她不远的地方，而亲王面前却站着她的老师雷塞尔·特瑞多。他们正低声说话。雷塞尔的神色有着前所未有的凝重，像是在和艾伦争执什么。

这里到底发生了什么？为什么雷塞尔老师会认识艾伦？这里的其他人又是怎么了？父亲又在哪里？皇宫发生了这么多事，为什么没有人知道？为什么自己不能动？这究竟是在现实中还是在梦境中？一连串的疑问几乎将无法动弹的爱林娜逼疯了。

这个时候，艾伦突然转身朝爱林娜走了过来。雷塞尔追在他的身后，焦急地说："亲王殿下，请等一下。爱林娜还没有清醒。您不能……"

爱林娜听到雷塞尔提到了她的名字，惊疑之际朝他望去，不想却看见了艾伦。

亲王见爱林娜醒过来，原本一直没有表情的脸上竟出现了一丝惊讶，紧接着艾伦露出了冷笑。他看着爱林娜，却又像是对着雷塞尔在说："没有清醒吗？雷塞尔，那你怎么解释这个？"

雷塞尔追了过来，看到显然已经清醒的爱林娜，他大吃一惊，立刻走到了她身边，一边扶起她，一边追问："爱林娜，你还好吗？"

雷塞尔皱着眉头，英俊的脸上满是担心。

雷塞尔扶起爱林娜的那一瞬间，爱林娜突然之间发现自己可以动了。爱林娜一把抓住雷塞尔的手臂，急切地追问：“老师，这到底是怎么回事？发生了什么？”

雷塞尔表情复杂地看着爱林娜，目光有点闪烁，慢慢说：“爱林娜……这，以后再解释好吗？”

“雷塞尔，你让开。”艾伦的声音透着股冰冷的气息。

雷塞尔见爱林娜的神情变得很难看，他把爱林娜挡到了身后，对着艾伦说：“殿下，您不能这样。爱林娜她并不知道真相。”

艾伦冷笑一声：“真相？什么是真相？雷塞尔，你让开。这件事我已经决定了。”艾伦朝前走了几步，全身上下透着逼人的杀气。

爱林娜躲在雷塞尔身后，感觉到了艾伦那股让人恐惧的气势。

“殿下！”雷塞尔握着爱林娜手臂的手抓得很紧，爱林娜明显地感觉到了他的紧张。

“你……你要干什么？”爱林娜在雷塞尔背后探着头看着艾伦，她有种很不好的预感。这个人究竟要干什么？

“爱林娜，别说话。”雷塞尔大声地说着，眼睛死死地盯着艾伦，“殿下！这么做会违背誓训戒律！爱林娜没有觉醒，她……她还是个人！”

“那你的意思就是只要她觉醒了，我就能杀她了？”艾伦冷笑。

杀她？

爱林娜赫然听到了这个词，她难以置信地看着艾伦。

这个男人竟然要杀她？果然是这样，她的感觉并没有错。一开始，艾伦亲王对着她就有一股潜藏的杀气，所以她才会那么怕他！爱林娜自记事起，对人的情绪就非常敏感，能够分辨一些细微的情感变化。

可是为什么？为什么他要杀她？他们只是第一次见面而已。她也从未得罪过这个人！这究竟是怎么了？而且，为什么雷塞尔老师也会认识艾伦？他们到底是什么人！

爱林娜满腹的疑问和惊恐，但现实已经没有时间让她去寻找真相了。艾伦走了过来，雷塞尔被艾伦的话堵得哑口无言。艾伦冷冷地看着雷塞尔，又说了一遍：“让开！别逼我动手。”

雷塞尔迟疑了很久，才颓然放开了爱林娜，退到一旁。爱林娜惊恐地看着艾伦，对着雷塞尔大声喊：“老师？他要干什么？老师！”

雷塞尔带着不忍转过头，面如死灰，看上去异常颓废：“爱林娜，对不起！我……没法帮你。这……这是命运。”

爱林娜看着全身无力、异常沮丧地站在一旁的雷塞尔，忍不住大叫：“老师，这究竟是怎么回事！”

“现在问这个，是不是太晚了？”艾伦直视着爱林娜，没等她说话，突然间就伸出手抓住了爱林娜的手臂，用力将她拉近。

“啊！”爱林娜尖叫一声，奋力地挣扎起来，她再也难以抑制全身蔓延开来的恐惧，惊恐万分地大叫，“你要干什么！放开我！混蛋！老师，看在神的面子上，救救我！”

艾伦根本不管爱林娜的挣扎，他神情严峻地对着雷塞尔说：“你应该知道为什么。我绝对不会容许那种事再发生。即使……”

艾伦并没有说完，神情有些古怪。

雷塞尔站在一旁看着这一切，不忍地回避了爱林娜可怜兮兮的求救眼神。他好不容易才下定决心安抚自己，就像是他刚才说的，一切都是命运。雷塞尔艰涩地开口：“殿下，我只希望您不会后悔。”

“后悔？”艾伦的眼神一瞬间有些复杂，看着奋力挣扎的爱林娜，冷冷地哼了一声，像是藐视又像是嘲讽。

“老师……救我……”

随着颈间男人手指愈加用力，爱林娜眼前一阵阵发黑，窒息的感觉清晰地传来，她到现在都不知道自己做错了什么，以致这个可怕的男人非要杀死她。无助的眼泪顺着她光洁的脸颊滑下，而她只能用绝望的眼神看向她的老师。

雷塞尔此刻异常矛盾，再次看着向来温柔优雅的爱林娜流露出的绝望与乞求的神情，他再也控制不住自己。无论是亲王，或是爱林娜，他都不能眼睁睁地看着惨剧的发生，就算是要违背亲王殿下的命令。雷塞尔不再犹豫，以一种人类根本无法达到的速度，一秒钟内从手指尖弹出至少10厘米长的利爪刺向了亲王的后背。

听到身后破空的声音，艾伦有些意外，本能地侧身，放开了爱林娜，反手去阻挡攻击，雷塞尔在艾伦又惊又怒的情况下，把爱林娜拉到了身后。

发现攻击自己的竟然是雷塞尔，艾伦的脸色变得异常可怕：“雷塞尔！你在干什么？”

雷塞尔护着身后的爱林娜，急切地对艾伦说：“殿下，我不能让您杀她！她还没有觉醒！我不能看着您违反戒律！”

“雷塞尔！”艾伦的声音里充满了怒气，“让开！”

“殿下……”雷塞尔脸上满是痛苦为难的表情，眼中满是恳求，面对艾伦的怒意，他阻止艾伦的态度却没有一丝退让，“您知道的，我不能！”

爱林娜这时候才缓缓喘过气来，使劲咳嗽了几声。由于她刚才正处在窒息边缘，并没有注意到雷塞尔先前那种非人类的攻击方式。此刻的爱林娜只是本能地躲在雷塞尔身后，如果不是拼尽全力用颤抖的双手抓住了雷塞尔的衣袖，现在的她几乎无法站稳。而艾伦充满怒意的咆哮更是让她害怕得瑟瑟发抖。

爱林娜身前的雷塞尔也是第一次如此直接地面对怒气冲冲的艾伦，他似乎也同样紧张，全身的肌肉都紧绷了。

沉默地对峙了好一会儿，艾伦和雷塞尔都死死地注视着对方，直到艾伦再度开口。

“雷塞尔，你知道我为什么这样做！”面对雷塞尔的固执，艾伦显得有些无奈。毕竟，他不可能真的对雷塞尔动手，因为他知道，雷塞尔这么做是有原因的。

违背誓训戒律是极大的原罪，就算他是亲王，拥有最纯的血统，也无法逃开神降临的诅咒。

为了族群的生存，艾伦真的已经做好接受诅咒的准备了，可是……

“可是一切都还没有定论，不是吗，殿下？爱林娜还没有觉醒，我们还有时间！您和爱林娜是有……况且，就算她觉醒了，我们只要小心……”雷塞尔注意到艾伦语气里的些许动摇，立刻劝说起来。

艾伦神情极为复杂，他深吸一口气，闭上了双眼，将心中的想法都封闭了起来。再次睁开眼时，艾伦又变成了那位最高贵的夜之王者。

艾伦张了张嘴，刚想说什么，皇宫的过道里突然响起了一阵诡异的声音。艾伦的神情瞬间变得冷峻：“怎么回事？”

雷塞尔皱起了眉：“好快，他们居然追到这里来了。”

艾伦淡淡扫了眼躺了一地的贵族们，道：“马上离开！”

爱林娜茫然地看着这两个人，他们说的每一句话她都能够听懂，但是结合在一起……她只觉得自己彻底糊涂了。

雷塞尔看了一眼仍在瑟瑟发抖的爱林娜，有些犹豫地说：“殿下，爱林娜她……”

雷塞尔话还没说完就被艾伦打断，只见他不耐烦地一挥手：“带走！难道你想把她留在这里？”

雷塞尔一喜：“是！殿下。”说着拉起爱林娜，“我们快走！”

双脚发软的爱林娜还没明白发生了什么事，她只能死死拽着雷塞尔颤声问：“去……去哪里？”

雷塞尔柔声劝慰着她：“爱林娜，别怕！我们先离开这里再说。”

爱林娜慌忙点头，此刻她只想着能够离那个人越远越好。雷塞尔走了两步之后，却发现艾伦并没有离开的打算，他不由得转身疑惑地看着艾伦：“殿下？您不走？”

艾伦看着大门外那被黑暗笼罩的长廊冷冷一笑：“你带她先走！”

雷塞尔脸上顿时闪过惊恐：“殿下？您……”

艾伦大声说：“雷塞尔，记住你该做什么，绝对不能让爱林娜落到那群人的手里。”

“请您放心，殿下！我会尽全力保护好爱林娜。还请……殿下小心！”

艾伦哼了一声，冰冷的目光扫过爱林娜，紧接着，他的身影突然腾空而起，在皇宫奢华的水晶灯下瞬间幻化成了无数染着金色光晕的蝙蝠，猛烈地冲破皇宫的琉璃窗向外飞去，一时间甚至连月亮都被那群金色的蝙蝠遮住了。

爱林娜瞪大了双眼，几乎不敢相信自己所见。

那……那是什么？艾伦居然不是人，爱林娜瑟瑟发抖，今晚的一切都太诡异了！现在的她，连尖叫都没有力气。

“爱林娜，我们快点离开这里。”雷塞尔并没有意识到爱林娜的异样，拉着她朝王宫的另一个方向走去。

“不……放……放开我！”爱林娜忽然猛烈地挣扎起来。

雷塞尔没注意，竟然让爱林娜挣脱了。雷塞尔惊讶地回头看着爱林娜。

“爱林娜？怎么了？快点跟我走！”

“不！老师……不，他……他不是人！哦！神啊！老师……你和那个……那个……究竟是什么！”爱林娜惊恐地看着雷塞尔，她无法形容刚才看到的那个艾伦应该称之为人，还是……可突然间，爱林娜也意识到眼前她所熟悉的救了她命的温和男人和艾伦之间是什么关系！

他们显然认识对方！那么，雷塞尔……是否也知道艾伦不是……人？

雷塞尔此刻才意识到刚才爱林娜一定是看到了亲王殿下的变化。

这可真是糟糕啊！雷塞尔在心里苦笑。亲王殿下一定是故意的！否则他怎么可能让一个人类看到他变成蝙蝠的形态？

雷塞尔看着爱林娜惨白的脸色，脸上的神色无奈至极。就在这时候，自厅外传来了一阵更加剧烈的震动。雷塞尔神情一变，急切地对爱林娜说：“爱林娜，这件事我会给你解释，但是现在我们先离开这里好吗？否则会有危险！”顿了顿，雷塞尔又加重了语气道，“更会连累到这里的其他人！”

爱林娜听到这句话以后，身体不由自主地颤抖了一下。她本能地四下看了看，贵族们，包括她的养父母和女王都无声无息地躺在大厅里。

爱林娜的心里矛盾极了，她到底应不应该听雷塞尔的话跟着他离开呢？难道要她就这么丢下家人吗？

“爱林娜，相信我，我们没有恶意。”

“到底发生了什么？你……说清楚！而且……我不能丢下我父母！”爱林娜声音发抖，却相当坚决。就算是公爵夫人平素和她关系不佳，可是……

爱林娜下定了决心。

“爱林娜，相信我！格兰特公爵夫妇不会有事的。我们必须马上离开，相信我！”会有危险的是你！雷塞尔在心里说，却没把这句话说出来。否则，神知道爱林娜会怕成什么样。

“不，没有他们我不会走的。”不想平时温婉的爱林娜此时却坚决地摇头，不肯有一丝妥协。

雷塞尔似乎还想劝说爱林娜，但是就在这时，他仿佛听到了什么，脸色瞬间变得异常可怕。

“爱林娜，抱歉了！”雷塞尔突然闪到了爱林娜面前，她还没反应过来，雷塞尔的手指在爱林娜面前轻轻一点。

一阵眩晕瞬间袭向了爱林娜，她昏了过去。

雷塞尔一边在心中默默地道歉，一边抱着她向宴会厅一侧的门冲去。

带着露珠的草坪与迷人的夜空，如果是平时，雷塞尔一定会悠然感叹一下美景，然后弹奏一曲。可是现在，他能想到的只是尽快带着爱林娜离开这个危险的地方。

此时，雷塞尔突然一怔，他本能地一闪，一瞬间，他已经出现在了之前所立之处的十米开外。而那个地方像是被什么炸开了一样，露出了草坪下的泥土。

雷塞尔冷眼看着这一切，他的四周不知什么时候已经围上了一群穿着黑色斗篷的人。在月色下，那群人的脸色都异常惨白，双眼是诡异的猩红色，流露出杀气。

“放下她。”那群人中的一个开口道，他的黑色斗篷上有道明显的金线，看上去应该是首领。

雷塞尔脸上温和的笑意已经不见，他扬了扬眉，冷笑一声：“你是在对我说话吗？”

“雷塞尔·特瑞多，不要以为今天你逃得掉。”

雷塞尔冷笑了起来：“逃？就凭你们？有必要吗？”他的语气中带着浓浓的不屑。

“雷塞尔·特瑞多！”

雷塞尔的语气显然激怒了那群人，他们纷纷在雷塞尔四周散开，将他围了起来。

见状，首领显得有些得意：“今天你死定了！”

雷塞尔轻蔑地哼了一声，也不答理那群人，弯腰放下还在昏迷的爱林娜。要解决这群人虽然费不了多少时间，但抱着爱林娜也无法动手。为了以防万一，雷塞尔还特意布下一个结界，让爱林娜躺在其中，他的结界除非亲王级别的高手，否则外力根本无法打开。

当雷塞尔很快布完结界后，发现对方的包围圈又缩小了许多，雷塞尔脸上仍是那种淡然的笑意。

“一起上吧！我没有太多时间奉陪！”

谁都不会想到，拥有如此温柔笑容的雷塞尔，在杀戮的时候，竟会如此凶狠。

在如水的月光下，雷塞尔眼中充满了杀戮和嗜血的欲望，凶残且无畏。他的速度超乎想象地快，没有一丝犹豫，锋利如刀刃般的利爪毫不犹豫地深深刺进敌人的心脏。不一会儿就传来各种各样的哀号声，一时间大量敌人被扼杀，瞬间就在月光下化为灰烬……雷塞尔诡异又凶狠的举动和平时的他简直判若两人。

这一点，显然敌人没有想到，爱林娜也不可能想到。所以，原以为爱林娜正在昏迷中的雷塞尔并没意识到他此刻的举动已经落入了惊恐的爱林娜眼中。

也不知是什么原因，在雷塞尔放下她的一瞬间，爱林娜就清醒了，或许是那冰凉的夜露，又或许是……

被结界包围的爱林娜一下子从草坪上坐了起来。在一瞬间的混乱之后，刚才那些犹如噩梦一般的情景又重新回到了脑海中，爱林娜怔了一会儿，却发现自己竟然冷静下来了。今晚发生的诡异事件实在太多，她已经亲眼看见艾伦亲王化身成了一大群蝙蝠翩然离去，现在就算雷塞尔用利爪杀人，她都不觉得古怪了。还能有什么更让人吃惊的事吗？

爱林娜虽然知道是雷塞尔救了自己，但看到这样的情形，她还是觉得她应该先离开再说，不管雷塞尔是敌是友，她可不愿意再和怪物们多待一分钟。爱林娜勉强站了起来，她的手脚有些发软，稳定了一下情绪后，开始向后退去。现在的她只想快点逃，逃到一个远离这些可怕怪物的地方去。

爱林娜向后退的时候，丝毫没有注意她的周围有股闪着淡淡金色光晕的结界。结界在碰到爱林娜的手臂时，轻轻一闪，竟然立刻就消失不见了。估计雷塞尔也想不到有人会从他的保护结界里走出去。

正在战斗中的雷塞尔因为结界的消失，整个人都颤抖了一下，他又惊又急地回头一看，发现竟然是爱林娜自己走出了结界！这怎么可能！爱林娜不是昏迷了吗？她怎么可能在这时候醒来？雷塞尔很清楚，他的这个结界，只要有人从内部出来，就再也没法维持了。这本来是为了增强结界的防范力量，岂知爱林娜竟然会自己走出来！

“爱林娜！待在那儿别动！”

说着，雷塞尔奋力将手爪深深插入一个正朝着他猛击的敌人的胸膛。

爱林娜看得毛骨悚然，全身发冷。

尽管说话的是她尊敬的老师，但是看到那残忍的画面之后，爱林娜还是控制不住地往后跑去。

雷塞尔脸色微变，想要追过去，可是身边那些敌人却像是不要命一样地全冲了过来。雷塞尔大怒，喝道：“别碍事！”

说着他就向爱林娜的方向追去，怎料还是被那群敌人拼死拦住。

刚跑出几步的爱林娜，在一瞬间，撞在了一个人身上：“啊！”

巨大的冲力将那个人撞倒在地，爱林娜吓了一跳，也来不及分辨，大声问道：“谁？”

“爱林娜？你怎么在这里？到底出什么事了？”那个被撞倒的人带着疑惑的声音从地上传来。

爱林娜一惊，仔细一看，却看到了穿着一身晚宴礼服，有些狼狈地想从地上站起来的人，不正是她的帝国历史老师何塞·吉尔米瑟男爵吗？

“老师？”爱林娜惊讶道。

这时候何塞终于站了起来，看爱林娜一身狼狈，何塞愣住了：“爱林娜，你这是怎么了？”

就在何塞说话的时候，不远处就传来了打斗声和惨叫声。何塞脸色一变：“那是怎么回事？刚才我来的时候就发现皇宫好像有点不对劲……”

爱林娜闻言苦笑，何止不对劲？简直就是疯了！

“老师，快离开这里！这里太危险了！”

“可是……”

“别可是了，我们快走！”爱林娜说着拉住何塞转身就走。

没想到，何塞这时候一把反拉住爱林娜，他的语气冰冷：“别走那边，我知道这里有一条小路可通向皇宫外！跟我来。”

说完，何塞带着爱林娜飞快地往一个偏僻的角落跑去。

爱林娜紧紧地跟在了何塞身后。

第四章
CHAPTER
04

黑暗纹章

THE OFFSPRING OF THE TWILIGHT

雷塞尔身边的敌人越来越少，可他的心情却更加焦急，他乘隙回头看了一眼，发现爱林娜竟然完全不见了踪影。

“糟了！”

现在整个皇宫里都是血族，根本没有一个人类。要是爱林娜被那些血族发现，事情就糟糕了。

别说亲王铁定会劈了他，就连他自己都不会饶了自己的，要是那件事真的发生……

雷塞尔咬牙再度加紧攻击，希望能尽快摆脱这些敌人的纠缠，找到爱林娜。可偏偏这群人虽然算不上厉害，但彼此间的配合却很完美，而且个个都像拼命似的攻击着他，让雷塞尔一时间也没法完全摆脱。

他只能暗自祈祷爱林娜没有遇上那些血族，又或者那些血族会因为爱林娜还未觉醒而不去伤她。

然而，爱林娜这时候却已经陷入了一个诡异的情况。她跟着何塞老师接连穿过了几栋皇宫建筑之后，已经气喘吁吁，但何塞却仍在不停地朝前跑。途经的地方显然已经超出了爱林娜的认知范围。她甚至已经分不出东南西北，本能地跟着何塞又跑了一段路后，爱林娜发现自己已经完全迷路了。

“何……何塞老师，等……等等。这……这究竟是哪里？”

爱林娜大口喘着气，皱着眉提出自己的疑问，这一路她看见了无数倒

在地上的皇宫侍卫，整个皇宫安静得似乎只有她和何塞两个人。

怎么会这样？到底出了什么事？

何塞在听到爱林娜的问题之后脚步稍稍顿了一下，侧头听了一下，才说：“再走一段就可以出皇宫。我们快点吧。”

“可是……”此刻爱林娜心里一片混乱，可隐约间又有种古怪的感觉从她心底升起，似乎有什么正从她身体里涌出来，又觉得自己不应该再这么跑下去……

何塞看出了爱林娜的脚步有些迟疑，就大声责怪她：“爱林娜，怎么了？快点走！”

爱林娜却在何塞出声的那一刻，脚下忽然一软，险些要摔倒。在这一瞬间，何塞突然出现在她身边，一把拉住了她。

爱林娜一愣神，何塞什么时候离她这么近了？

然而，爱林娜还没反应过来究竟发生了什么，何塞的神情一下子变得很凝重，他死死盯住黑暗的通道深处，拉住爱林娜的手也突然非常用力。

爱林娜疼得哼了一声，才出声：“何塞老师？”

话还没说完，她就被眼前突然出现的情形吓呆了。

远处黑暗的皇宫通道中，突然涌出了无数蝙蝠，那数不清的猩红色眼睛死死地盯住了爱林娜和何塞。

就在爱林娜要尖叫的一刹那，蝙蝠群忽然震动了一下，整个空间都像是在扭曲，这时，一个人影出现了，蝙蝠群也在瞬间消失不见。

“艾伦！”叫出这个名字的人，是站在爱林娜身侧抓着她手臂的何塞！

爱林娜难以置信地侧头看向何塞，他怎么也知道这个梦魇一样的名字？爱林娜朝着突然出现的人影看去，不是艾伦又会是谁？

“为什么……”爱林娜看着何塞，她想问为什么何塞老师也会认识艾伦。

何塞此刻的神情却是爱林娜从未见过的，她甚至无法形容他那复杂的神态！就像有无数种情绪在瞬间同时爆发一样……愤怒、惊恐、疑惑、不甘、绝望一一浮现在他脸上。

艾伦仍是面无表情，脚步沉稳，他气定神闲地穿过洒着月光阴影斑驳的皇宫走廊，走到爱林娜和何塞面前站定：“放开她。”

艾伦的声音一如继往地淡漠威严，让人无法反抗。

爱林娜明显感觉到何塞抓着她的手握得更紧了。

“亲王殿下，您是在说笑吗？”和艾伦比起来，何塞的声音显然很干涩。

他似乎很怕艾伦？

爱林娜瞬间有了这种感觉，可一回想，艾伦甚至不是人，那么害怕他不是应该的吗？可是，何塞老师为什么也会认识艾伦呢？

难道……一个念头在爱林娜脑海里闪过，难道何塞老师和雷塞尔……他们……都……一样？

爱林娜似乎明白了什么，几乎同时，她开始挣扎："放……放开我！"

神啊！今晚，她究竟遇到了什么？

看着眼前何塞戒备的神情，艾伦露出一抹嘲弄，淡然道："你以为就凭你也能从我面前带走人吗？"

何塞相当紧张，可他还是咬牙说道："亲王殿下，我知道我不是您的对手，但是，您似乎也太小看我们了。难道您以为今晚来这里的只有我吗？"

艾伦闻言笑了起来："你是指那几个不成气候的吗？"

艾伦相当随意，又说了一句："如果真是这样，那抱歉，你永远都见不到他们了。"

何塞的神情又是一变，似乎在压抑着心里的恐惧和怒气。

"浑蛋！放手！放开我！"

就在何塞紧张地思考着该怎么办的时候，爱林娜终于发怒了。

今晚她已经受够了。她的两位老师都欺骗了她！

她甚至险些被一个流氓杀掉。

可现在，他们当着她的面对峙，却又根本没把她放在眼里！这到底算什么？

爱林娜狠狠踢了何塞一脚，然后一侧头，一口咬在了何塞抓着她手臂的手上。

何塞本能地甩开了爱林娜。

他刚想要再度抓住爱林娜，哪知却被艾伦突然伸来的利爪深深刺进了胸腹之间。

剧痛传来，何塞惨叫一声，万分危急之下，他机智地避开了要害。何塞顾不得爱林娜，急速后退，艾伦刺入他体内的利爪带出大量鲜血。

何塞按住了自己的伤口，口吐鲜血，一瞬间化身成了无数蝙蝠飞远了。

爱林娜瞪大眼睛看着这一幕，顿时失声尖叫。

“哼，算他聪明。”艾伦冷哼一声，利爪已经收回。

何塞·吉尔米瑟……反应倒还不慢。

艾伦上前两步，已经走到了爱林娜的身边，就这么平静地看着尖叫的爱林娜，直到她气喘吁吁几乎瘫软在地。

“你还要在这里坐到什么时候？”艾伦居高临下，俯视着爱林娜。

“你们……你们究竟要干什么？你们……到底是什么？”神经被强烈刺激了一个晚上的爱林娜终于忍不住崩溃地号啕大哭起来。

她有种预感，她似乎再也回不到过去的生活了。

艾伦皱眉，看着哭泣不止的爱林娜。月色下的她显得格外脆弱，好像一碰就会碎。艾伦清楚地知道，她今天是被吓坏了。

但是，如果让他选择，他也还是会毫不犹豫地这么做。

预言的时间就要到了。如果因为爱林娜让他的族人受到灭族的威胁，作为血族之王，艾伦是绝对不会容许爱林娜再活下去，即便……即便他曾经承诺过那个人。

然而，正如雷塞尔所说的那样，爱林娜现在还没有觉醒，她依旧是一个人类。先前如果没有雷塞尔的插手，他或许真的已经杀了爱林娜。可是现在，艾伦还能够像之前那样动手吗？违背他对那个人的承诺，杀了她……

艾伦眼神复杂地看着爱林娜，她是这么美，和那个人是如此相像，甚至不需要任何证明，他就知道爱林娜是那个人的孩子。

艾伦不由自主地走上前，伸手拉起了低泣的爱林娜，低声道："跟我走。"

爱林娜脚步有些踉跄地跟在艾伦身边，经过刚才那一阵宣泄，她已经平静了很多。想到眼下的处境，爱林娜看着艾伦，英俊的侧脸，紧抿着的嘴唇说明他是一个何等坚毅的人。

爱林娜在心里苦笑了一下，她真的不知道艾伦究竟还算不算是一个人……

"去……去哪里？"爱林娜沙哑着嗓音问，她并没有再做挣扎，因为她知道现在的她根本逃不出这个人的手。与其奋力挣扎而不能解脱，还不如坦然面对现状。

艾伦的脚步并没有停，只是冷冷地回了一句："到了你就知道。"

然后他就拉着爱林娜向着皇宫深处的阴影走去。

爱林娜以为自己会走很远，甚至应该走出皇宫，但是没想到艾伦只走过了两段走廊就在皇宫的一扇房门前停了下来，然后很自然地推门走了进去。

“这……这是哪里？”爱林娜走进房间的一瞬间突然感觉到一阵阴冷，这个房间里连窗都没有，黑糊糊的一片，没有半点光亮。爱林娜莫名地觉得有些害怕，竟忍不住朝后退了一步，却被艾伦拉住。

艾伦察觉到爱林娜正因为恐惧而发抖，也不知是出于什么目的，他竟低声说了一句：“别怕。”说完后，艾伦自己也愣了一下，不过，这一停顿也不过是一瞬间而已，快得爱林娜根本就没有发现。

反倒是爱林娜因为艾伦忽然的安慰而怔住了。

艾伦的声音低沉而富有磁性，虽然冷漠依旧，却有一股让人安心的感觉。如果没有先前发生的那一切，爱林娜甚至认为自己会沉溺在他的声音里。

或许那句话真的起到了作用，爱林娜的注意力被分散，虽然仍旧有些害怕，却不会再像先前那样。

爱林娜的手被艾伦紧紧握住，她跟着他的脚步在漆黑的房间里走着。爱林娜没有问为什么艾伦在这么黑的地方怎么知道该往哪里走。

毕竟艾伦化身成那群蝙蝠的样子，爱林娜根本不可能忘记。

她心中隐约泛起一种奇怪的感觉，对于那种匪夷所思的情形，她似乎在什么地方见到过。

爱林娜很天真，却并不意味着她傻。在帝都皇家学院成绩优异的她，是个非常聪明的女孩。不久前的恐惧感散去之后，冷静下来的爱林娜恢复了思考，很多事被她从记忆中唤醒。

在帝国的贵族中，始终有着某种传说，爱林娜起先并没有去在意。这个时代，谁还会相信真的有吸血鬼，又或者是神的存在？

可是今天晚上的这一切都似乎在向爱林娜昭示着什么。

真的会像她想到的那样吗？爱林娜深吸了一口气，她意识到除了一开始这个神秘的艾伦亲王想要杀她却被自己的老师雷塞尔阻止之外，无论是何塞还是艾伦似乎都没有要再伤她的意思。

那就是说，或许其实他们并没有真的想伤害她？艾伦先前的那一声安慰又在爱林娜脑海里回响了一遍。

想到这里爱林娜似乎更安心了一些，不管怎样，先看看这个艾伦亲王究竟想干什么吧。

就在爱林娜思绪纷乱的时候，艾伦突然停下了脚步，然后他伸手从怀里取出了什么。爱林娜什么都看不见，只是感觉到艾伦的动作，他似乎是拿出了一串钥匙，这里有门吗？

爱林娜有些奇怪，但一瞬间她惊呆了。

果然是有一道门。随着咔嚓一声，门锁被开启，爱林娜极其讶异地看到了门后的一切。

爱林娜似乎已经走出了皇宫，却完全不知道自己究竟在什么地方。她根本不知道自己所熟悉的帝都还会有这样一个地方。

当空的满月下，一片一望无际的草坪，爱林娜认为那或许是天的尽头的地方耸立着一座巍峨的城堡。

高耸入云的尖顶似乎要刺破天穹。隔着如此遥远的距离，爱林娜已经感觉到那座城堡散发出的气势和皇宫完全不同，那是一种被岁月、被历史甚至是被无数鲜血冲刷过的、沉默的——威严。

爱林娜看了一眼身边的这个男人，没有原因，只是爱林娜觉得艾伦亲王拥有着那座城堡，难怪他在面对女王的时候会如此坦然……爱林娜几乎认定了那座城堡肯定是属于这个男人的。

拥有这样一座城堡的人，又怎么会在意其他人？就算是女王陛下也不能够盖过这个男人的气势……

果然，艾伦在爱林娜看着他的同时转过头，迎上她震惊的眼神，带着一种无法描述的骄傲："欢迎来到我的威瑟庞塞。"

原来这座城堡叫威瑟庞塞。这是唯一一句浮现在爱林娜脑海里的话。艾伦就像是在介绍他无比重要的友人一样。告诉了爱林娜这座城堡的名字。

就在爱林娜有些不知如何反应的时候，艾伦突然一下子抱住了爱林娜的腰际，对着正紧紧靠在自己怀中的人，低语道："抱紧。"

爱林娜本能地抓住了艾伦环在她腰际的手臂，一瞬间她就发现自己似乎失重了。可就在她还没反应过来究竟是怎么回事的时候，她又回到了地面。爱林娜本准备抬头看艾伦。

可是一抬头，她就被映入眼帘的建筑物惊呆了——之前还仿佛远在天边的威瑟庞塞城堡此刻已经在她的眼前了。

“啊？怎……怎么会……”爱林娜惊讶地瞪大了眼睛看着眼前的城堡。那巨大的城门，那几乎高耸入云的城堡塔尖……艾伦……艾伦做了什么？

不过，这时候的爱林娜已经顾不上去想什么了。她的注意力完全被眼前的城堡吸引。那巨大漆黑的城堡大门上有着无数尖锐的铁刺，一个古老的纹章高高地印刻在那扇大门的正中央。

那是一个十字架，缠绕着像巨蟒一样的茂盛曼陀罗花藤，而在十字架之上却又倒刻着一只张开双翅的蝙蝠，隐匿在十字架背后的蝙蝠眼睛是血红色的，利牙和利爪极清晰地刻在十字架上，就像是要深深刺入。而那对翅膀却更像是来自地狱的恶魔才会拥有的羽翼。

纹章古老斑驳，却有种令人无法忽视的存在感。爱林娜死死盯着那个纹章，不禁打了个寒战，她记得这个纹章。

“呜！”忽如其来的头疼让爱林娜痛苦地抱住了头，不由自主地瘫软下来。为什么？为什么她会记得这个纹章，究竟是在什么地方？在哪里？她在哪里看到过这个纹章！

爱林娜不停地逼问着自己，她好像记起了什么，又好像什么都不记得。有些东西正在她的脑海里翻滚，想要涌出来。

疼！好疼！她的头就像是要炸开一样疼痛。

爱林娜的反应让艾伦有些惊讶，他一把抱起爱林娜，走向了城堡。爱林娜在他的怀里挣扎着，却不是因为艾伦抱着她，而是因为头疼。隐约间，爱林娜听到了城门被打开的声音，然后就是惊呼，还有一些杂乱的声音。爱林娜已经无法辨认，她失去了意识。

第五章 CHAPTER 05

最温柔的囚禁

THE OFFSPRING OF THE TWILIGHT

爱林娜再度醒来的时候，她发现自己躺在一个布置极奢华的房间里。无论是爱林娜现在躺着的大床，还是房间里其他的饰品家具，使用的都是顶级的材质。爱林娜是从小在贵族家庭长大的女孩，都觉得自己似乎从来没睡过如此舒适的床。床被带给她的触觉竟是出奇地柔滑。爱林娜竟然说不出这床被子究竟是用什么制成的。

但是令人奇怪的是这个房间里并没有灯，窗被巨大的天鹅绒窗帘遮得严严实实，一丝光线都透不进来，所有的照明都是用蜡烛。一切都显得有些幽暗，一种怪异的古朴氛围充斥着，就好像到了中世纪。

不过此刻并不是惊叹的时候，爱林娜挣扎着想要坐起来，却发现自己一点力气都没有。她想起了自己之前究竟经历了什么，那让人惊恐的一夜，那令人窒息的头疼，都让爱林娜心颤。

现在的她想必就是在艾伦亲王的城堡里。可是，那个人在什么地方？他到底是什么人？为什么要带自己到这里来？女王的宴会和皇宫里究竟怎么样了？格兰特公爵现在又如何了？一堆问题充斥着爱林娜的大脑。她心里的焦急可想而知，必须离开这里，回到格兰特公爵身边去！爱林娜对自己说。

然而，就在这个时候，房间的门被推开了。爱林娜的熟人——她的音乐导师雷塞尔拿着烛台出现在了她眼前。

“导……导师？”爱林娜努力撑起自己，发出一声惊呼。

雷塞尔看到爱林娜醒来很高兴，快步走到了床边，把烛台放到了一旁，然后兴奋地说："爱林娜！哦，大神在上！你终于醒了。"

爱林娜神情复杂地看着雷塞尔，她怎么可能忘记在皇宫中雷塞尔表现的那非人类的一幕。可是现在看到雷塞尔这种表情似乎又不像是伪装的。

哦！神啊！告诉她吧！她到底应该怎么做。

爱林娜的沉默似乎提醒了雷塞尔。雷塞尔从一开始的高兴转为了尴尬，最后他看着爱林娜不由得叹了一口气。

"爱林娜，对不起！"

爱林娜深吸了一口气，她知道这种情形下已经容不得她逃避了。她必须弄清楚究竟发生了什么。于是爱林娜迎上了雷塞尔的目光，冷静地说："导师，这究竟是怎么回事？我需要一个解释。"

雷塞尔见爱林娜如此冷静有些出乎意料。爱林娜在他的眼中始终就是一个天真的女孩，爱音乐，尊敬老师，很聪明，很温柔，无懈可击地恪守着贵族的礼仪，就像一朵盛开在温室里的小花，被她的养父格兰特公爵精心养大，需要骑士来守护的贵族小姐。

可是，经过那一夜，包括现在爱林娜的冷静表现，让雷塞尔终于明白，爱林娜或许并不像他想象中那样柔弱，有着她坚强的一面。

不愧是那个人的孩子吗？雷塞尔看着爱林娜酷似那个人的黑发黑眼，有些出神。

"老师，事到如今，您还是不愿告诉我吗？"爱林娜微微皱起姣好的眉，她并不知道雷塞尔为什么突然沉默。

雷塞尔回过神，看着爱林娜微微笑了一下，道："不，我会告诉你。你有权利知道这一切。"

听到雷塞尔这样回答，爱林娜终于松了一口气，她并不喜欢那种被蒙在鼓里什么都不知道的感觉。这会让她觉得自己软弱又无力。

只是，雷塞尔接下来的讲述却让爱林娜完全惊呆了。

"我们是吸血鬼。而昨天晚上，你刚从一场吸血鬼的袭击里逃出来。我很抱歉让你遭遇到这种事情，但是卡罗泽的无耻让事情变得不可控制了。如果可以，我真的希望你永远都不要接触到我们这样的人……"

雷塞尔究竟说了些什么？

"所以，你是说，你……还有，艾伦亲王，甚至……何塞老师……你们……你们都是吸血鬼？"爱林娜艰涩地说着，虽然在此之前她似乎已经预料到了一些，但是真正从雷塞尔的嘴里得到证实，还是让她大大地震惊了一下。

当然，这种匪夷所思的事情，任何人遇到都会失措。爱林娜这会儿的表现已经算是冷静了。

雷塞尔点点头，继续说道："我们确实都是吸血鬼，但是何塞和我们还是不同的，他是卡罗泽的人，爱林娜，你要离他们远……"

"等等，我现在不管谁是谁的人！我只想知道，你……还有何塞老师，你们……都是故意在我身边的吗？"爱林娜打断了雷塞尔的话。

雷塞尔有点尴尬，但还是点头了，不过紧接着他就解释："爱林娜！我并不是故意要瞒着你，我只是为了保护你。要知道，卡罗泽，还有何塞，他们是不会轻易放过你的。”

爱林娜闻言冷冷笑了一下，道：“老师……不，现在或许应该叫你雷塞尔！想必，你也未必是真心要收我这个学生吧？”

听到雷塞尔说出那些话，爱林娜心里充满了巨大的失落感。不可否认，她喜欢音乐。而当她得知自己被世界著名的音乐人雷塞尔收为学生的时候，她有多高兴，她证明了自己在音乐上的才华。可现在，她才知道事情并不是她想的那样。

“不！爱林娜，你误会了！”雷塞尔肯定猜到了爱林娜在想什么，他焦急地说，“爱林娜，不是你想的那样。我收你当学生，完全是因为你的才华。爱林娜，你要知道，我是血族，我可以用各种办法在你身边保护你，甚至不让你发现。”

“是吗？”爱林娜笑了笑，她觉得此刻她已经无法相信更多，“那何塞老师呢？你说他是卡罗泽的人，要对我不利。我不知道卡罗泽是谁！可是何塞老师也没有伤害过我，不是吗？倒是那个艾伦亲王，一来就要杀我。我凭什么要相信你，相信一个血族？”

爱林娜的反问让雷塞尔一时语塞，他没法解释。

“你也可以选择不信。”突然插进来的冰冷的声音让爱林娜全身都颤抖了一下。

爱林娜循声望去，正走进门的不正是艾伦亲王？

“亲王殿下！”雷塞尔见到艾伦，急忙从爱林娜的床边站了起来，向着艾伦行了礼。

艾伦不在意地挥挥手，免了雷塞尔的礼，径自朝着爱林娜的床边走去。而爱林娜这才发现艾伦此刻并不是一个人。跟在他身后的是个拥有火红色长发，无论是长相还是身姿体态都极其美艳的一个女人。那个女人此刻正用她那双碧绿的、宛如极品祖母绿一般的眼睛紧紧盯着爱林娜。

爱林娜被她盯得毛骨悚然，那眼神就好像一条剧毒的眼镜蛇正在审视它的猎物。很奇怪，她们不是第一次见面吗？为什么爱林娜感觉这个女人这样怨恨自己？正当爱林娜冷汗涔涔的时候，那个女人却笑了，笑得像是吐露着芬芳的罂粟，绚烂却有着剧毒。

她用一种极亲密极甜美的语气说："海恩斯，这只小兔子就是你带回来的人吗？"

爱林娜愣了一下，才意识到那个女人口中的"海恩斯"应该就是艾伦亲王。

艾伦冷淡地看了一眼爱林娜，并没有答那个女人的话，用冷漠的语气又重复了一遍他先前说的话："你可以选择不信。"紧接着，他又说，"但结果不会变。"

爱林娜被艾伦说得哑口无言。

雷塞尔有些担忧地看着艾伦，低声说："亲王殿下！您……"

艾伦看了一眼雷塞尔，打断了他的话，对爱林娜严厉地说："你最好快点觉醒。否则我还是会杀了你。"

爱林娜脸色大变，对着艾伦怒吼："为什么？我究竟做错了什么，你要杀了我？还有，你说的什么觉醒。我根本不知道那是怎么回事！"

艾伦看着气愤极了的爱林娜，漂亮而精致的脸上因为激动而泛起了红晕，清澈的眼睛像有火焰从中冒出来，竟有着说不出的生动之美。艾伦恍惚了一下，就和那个人一样……不羁的灵魂……

艾伦的失神只有一眨眼的工夫，下一瞬间，他恢复了应有的冷静：“等你觉醒的时候，就会明白是怎么回事。现在你最好乖乖地待在这里。别给我惹麻烦。”

爱林娜气得一句话都说不出来，这个人居然蛮横霸道成这个样子！简直就是……爱林娜都无法形容她的感受了。

“呵呵，海恩斯，你怎么能对一位淑女这么凶呢？好了，你快出去吧。爱林娜小姐看上去还是很累的样子。还是我留下来照顾她吧。都是女人，会更方便一些，你说是不是？”开口的是那个女人，她最后那句话，显然是对着爱林娜说的。

艾伦闻言看着那个女人，沉默了一会儿，才沉声说：“克罗蒂亚，别做不该做的事。”

被称为克罗蒂亚的红发女人在艾伦话音刚落的时候似乎僵了一下，但瞬间她的异样神情就被隐藏。她笑得异常娇艳耀眼。

“海恩斯，你在说什么呢。什么该做，什么不该做，难道我还不清楚吗？还是说，你怕我欺负了小妹妹？”

艾伦异常严厉地看了一眼克罗蒂亚。

“你清楚就好。”说完，艾伦甚至没有再看爱林娜一眼，转身就走了。快到门口的时候，艾伦停住了脚步，冷静地说：“雷塞尔，你跟我来。”

雷塞尔无奈地叹了一口气。他看了一眼爱林娜，眼神有些复杂，却也没有再多说什么，就跟上了艾伦的脚步。

关门声传来，房间里只剩下了两个人。

房间里的气氛有些僵硬，从艾伦和雷塞尔走出门后的那一刻开始，克罗蒂亚就再没有开过口。她紧盯着爱林娜，用那种像眼镜蛇一样的危险眼神。如果目光是箭，估计爱林娜现在已经被戳成了一个筛子。

爱林娜完全不知道该作何反应，这个女人似乎对她有种无法言述的敌意，她甚至都不敢对上克罗蒂亚的双眼。她也不知道克罗蒂亚想说什么，只好侧过头，蜷缩在床上。

“你就是那个人的女儿？除了黑头发和黑眼睛，我还真看不出来，你会是那个人的孩子。”终于，克罗蒂亚的声音响起，却再不像先前那样甜美。她的语气里充满着不屑和冷漠。

爱林娜原本并不想和这个女人多说什么，但是她话中的“那个人的女儿”却让爱林娜心中一动。说不定她知道关于自己生母的一些事情，正好可以趁机问清楚。

“你……在说什么？什么‘那个人’？你在说谁？”鼓起勇气，爱林娜迎上了克罗蒂亚的目光。

克罗蒂亚冷笑一声，道：“你果然什么都不知道吗？那个人还会是谁？当然是你的母亲。”

“我的母亲？你知道我的……亲生母亲？”

爱林娜从床上跳了起来。她对于自己亲生母亲的记忆着实不多，甚至可以说完全没有。可是，在她的心里始终有一种对她亲生母亲的难以描述的感觉。是害怕？还是恐惧？这种莫名的感觉让爱林娜并没有向她的养父多提关于她亲生母亲的问题。然而，人之常情，爱林娜不可能对自己的亲生母亲没有丝毫的探知欲望。她还是会问自己，她的生母究竟是谁？为什么要离开她？现在又多了一个疑问，好像所有人都认识她母亲，她的生母究竟是个什么样的人？

看着神情激动的爱林娜，克罗蒂亚眯起碧绿的眼睛，不屑地笑了一声："当然知道。你的母亲，在血族谁人不知？"

"血族？她……她在哪里？"爱林娜声音有些发颤，直到今天她才有了一些关于母亲的信息，她不知道自己是不是应该还奢望母亲还活着……

克罗蒂亚笑了起来，笑声中满是讽刺，好一会儿才停。爱林娜不明白她究竟在笑什么，不禁追问了一句："你知道她在哪里？"

克罗蒂亚在瞬间敛去了笑容，娇美的脸突然间变得有些狰狞，她一下子凑到了爱林娜的面前，突然放大的脸和充满狠戾之气的碧绿双眼，让爱林娜吓了一跳，忍不住尖叫了一声。

克罗蒂亚丝毫不带温度的手一下子捏住了爱林娜的下巴，声音异常阴冷："我凭什么要告诉你？"

自克罗蒂亚手上传来的力量越来越强，爱林娜的眼泪不由自主地流下来，她勉强发出了断断续续的声音："你……你要干什么？"

克罗蒂亚阴险地勾起嘴角，笑了起来："要干什么？你就和那个人一样！我不会让你再从我身边夺走艾伦！早晚……我都会杀了你。”

说完这句，克罗蒂亚像是丢开让她厌恶的东西一样，把爱林娜重重推倒在床上，然后大笑着头也不回地走了。

爱林娜一手按着颈项，气喘吁吁地看着克罗蒂亚的背影，心里充满着恐惧和疑惑。

这个女人，克罗蒂亚，为什么会这么恨她？她之前甚至从来没见过克罗蒂亚。难道是和她的母亲有关吗？可是……克罗蒂亚说的“夺走艾伦”又是怎么回事？

爱林娜想到艾伦那虽然英俊却冰冷的脸庞，心就免不了发颤，什么“夺走艾伦”？说的就好像她喜欢……那个人似的。

怎么可能！她怎么会喜欢上那种凶残暴虐的可怕家伙！绝对不可能！

第六章 CHAPTER 06

隐秘之地

THE OFFSPRING OF THE TWILIGHT

爱林娜抛开了她对艾伦深情款款模样的联想，实实在在地打了个寒战。再次确认自己根本不可能和那个“冷面男”有任何瓜葛，更何况他还不是一个人！他是吸血鬼啊！

那么现在爱林娜所在的地方威瑟庞塞城堡就是吸血鬼的老巢吗？念及此，爱林娜又打了个寒战。她最好还是快点离开这里。但那个艾伦亲王会那么轻易地就让她离开吗？爱林娜想想也觉得不太可能。该怎么办呢？

爱林娜轻手轻脚地走向了巨大的床旁，微微拉开一点天鹅绒窗帘后，阳光就透了进来。爱林娜松了一口气，看来现在是白天。她想了想，按照传闻中对于吸血鬼的弱点描述，吸血鬼不就是怕阳光吗？所以艾伦他们才会把房间遮得严严实实的。

既然是怕阳光，那么现在他们应该都不太会出来活动吧？爱林娜琢磨了一下，觉得这是很有可能的。而且艾伦，包括雷塞尔和那个叫克罗蒂亚的女人都是刚见过自己。一定不会想到她现在就想要逃走。

爱林娜越想越激动，还是尽快离开这里吧。她又朝着窗外看了看，发现她此刻应该是在城堡的中心区。窗外有个很大的花园，非常漂亮。阳光下，一切都无所遁形。最重要的是，竟然一个人都没有！而中庭通向主干道的门也是敞开的，连个守卫都没有。

没有再犹豫，爱林娜用力拉开了窗帘，阳光顿时照亮了整个房间。然后她快步走向门口，小心翼翼地打开了门，门并没有锁，门外也没有看守，整个走廊上都是空荡荡的，只有用于照明的烛台还亮着，发出幽暗的光芒。

爱林娜觉得有些怪异。难道那些人就真的一点都不怕她跑掉吗？对她这么放心？

顾不了那么多了……

爱林娜一见没人，干脆就推开了门，迅速地朝着走廊的另一头跑去。她看过自己的位置，按理说距离中庭并没有多远。然而，一个小时后，当爱林娜推开了无数厚重的大门，跑得汗流浃背、上气不接下气时，都没有找到那个通向中庭的门。

看着周围几乎一模一样的走廊，爱林娜四下搜寻，心里升起一种很不好的预感。她完全弄不清自己走的是哪条路，又是从哪个房间里出来的。她已经迷失在这座吸血鬼的城堡里了吗？爱林娜越想越焦急，她知道离开的时间越久她就越容易被发现。要是被那个冷酷的男人发现了她想要逃跑，都不知道他会做出什么事情来。

爱林娜想想就有点不寒而栗，于是更加快了自己的脚步。但事实是爱林娜在这些一模一样的走廊里兜兜转转又跑了足足两个小时之后，她终于明白，为什么艾伦亲王根本连一个守卫都没有设的原因了——她根本就走不出这座城堡。

爱林娜靠在走廊的墙上，气喘吁吁，此刻的她又累又渴。要不是从小所接受的礼仪教育不允许，她一定会不顾形象地瘫坐在地上。她觉得自己连一步都没法挪动了。

“该……该死！”爱林娜诅咒出声，为什么偏偏她会遇到这种事！独自一个人面对这种匪夷所思的事情，身边甚至连一个人类都没有。此刻，就算是格兰特公爵夫人突然出现在她眼前，估计爱林娜也会高兴得痛哭流涕吧？

但是谁都不可能出现在这里。爱林娜几乎心灰意冷。她该怎么办呢？难道就要任由那些吸血鬼囚禁她？她甚至不知道他们的目的究竟是什么。此刻，爱林娜好想念养父那温柔的笑，精致的校舍，还有她那些普普通通的朋友……究竟要到什么时候她才能摆脱这一切，回到原来的生活呢？

爱林娜突然有些害怕，或许她已经不可能再回去了？再也见不到那些人了吗？眼眶忍不住一热，爱林娜筋疲力尽，她坐在走廊的一角哭了起来。

“不逃了吗？”

熟悉又冷漠的声音突然在走廊上响起。爱林娜惊慌地抬起头，看到艾伦不知从什么时候开始就站在走廊的另一头了。他的神情仍是那样冷漠，但爱林娜却可以感觉到他那锐利的眼神。

“你……”爱林娜慌乱地撑着走廊的墙壁站了起来，被发现了！她被发现了！怎么办？

艾伦一步步地走近爱林娜，爱林娜却像完全僵住了似的，一步都挪不动。直到艾伦一把拉住了她的手臂，爱林娜才忍不住尖叫：“放开我！你要干什么？”

艾伦冷漠地凑近，眯起眼睛，声音低沉：“你好像忘记了我和你说过什么。”

爱林娜颤抖了一下，终于忍不住低声恳求：“放……放了我！让我离开这里。我要回去……让我回去。”

艾伦完全没有理会爱林娜的哭求，暗暗用力就拉着爱林娜朝她的房间走去。也不知道艾伦究竟是怎么走的，爱林娜甚至觉得没有几分钟，她就已经到了之前她的房间门前。爱林娜下意识地看了一下来路，却发现和之前的完全一样。

艾伦察觉了爱林娜的小动作，毫不在意地说了一句：“这里不是人类能够走出去的地方。”

爱林娜愣了一下。一瞬间，爱林娜觉得自己绝望了。

不过，艾伦要打开房门的一瞬间，爱林娜又觉得自己的心紧紧地揪了起来。她并没有忘记，当她离开房间的时候，已经把所有的窗帘都拉开了。无论怎么说，此刻应该是下午，仍然是白天。那么艾伦这个大吸血鬼会不会……爱林娜偷偷瞄着艾伦，心情有点复杂。

虽然她很讨厌这个人，但是也没法想象一个吸血鬼在她面前被阳光烧死会是怎样的场景。当然，爱林娜也没有好心到想去提醒艾伦房间里没有拉窗帘。可是，要是艾伦并没有被阳光烧死，甚至仍然活着，那么他又会怎么对待自己？爱林娜有点犹豫。

不过，这个时候已经容不得爱林娜多想什么了。艾伦已经全然不知情地打开了房门。就在这一瞬间，爱林娜也不知道究竟想到了什么，居然脱口喊出一句：“别进去……”话音刚落，爱林娜就有点后悔了，她在干什么呢？阻止这个吸血鬼被烧死吗？他要是死了，她就能回去了吧？

然而，出乎意料的是，艾伦听到爱林娜的话时，只是顿了一下，紧接着就毫不在意地推开了房门。正如爱林娜所想的那样，外面正是下午，虽然阳光已经没有正午那么强烈，但房间依然很明亮。

让爱林娜瞠目结舌的一幕发生了。艾伦就像什么事都没有一样，就这么拉着她走进了满是阳光的房间。

“你……你……”爱林娜完全不知道该说什么才好。难道传说中吸血鬼害怕阳光都是骗人的吗？

艾伦看着一脸惊诧的爱林娜，勾了勾嘴角。

“怎么？我没被阳光烧死，让你很失望吗？”

爱林娜尴尬地看着艾伦，不知道该说什么。

说到失望，其实爱林娜觉得更多的是意外才对。

这会儿，艾伦倒是有种难得一见的轻松模样，他随手挥了一下，房间的门就自动关上了。偌大的房间里，只剩下他们两个人。爱林娜僵直地站在原地，她以为艾伦会惩罚她。不过，显然艾伦并没有那么快就动手的意思。他在阳光下来回走了几步之后，看向爱林娜：“是不是很奇怪？为什么我不怕太阳？”

爱林娜不知道应该点头还是摇头。艾伦像是有点感叹地轻笑一声：“人类在进步，更何况我们血族？”

艾伦朝着巨大落地窗外面的花园看了两眼，又继续说：“那些传闻并没有错。血族由始至终都惧怕阳光，但是又渴望阳光。说起来，阳光中会伤到我们血族的不过是紫外线而已。只要屏蔽了紫外线，我们并不怕阳光。”艾伦敲了敲玻璃，“这是经过特殊处理的。”

爱林娜不知道艾伦为什么会对她解释这么多，她有点尴尬。

艾伦为什么要告诉她这些呢？让她以为他们血族根本不怕阳光不是更好吗？难道他就不怕……

“很奇怪为什么我会告诉你这些？”艾伦就像会读心术一样，看出了爱林娜的心思。然后就在她愣神之际，艾伦走近爱林娜，伸手拂过了她略有些凌乱的黑发。

“因为你不可能从这里离开。”

“哦？”爱林娜因为艾伦的靠近而僵住了身体，但一瞬间又因为他的话而有点怒火上涌，她也不知道从哪里来的勇气，竟然就一把挥开了艾伦的手，看着他咬牙切齿地说，“你要把我关到什么时候？我要回去！我的父母……”

“他们不是你的父母。你很清楚，格兰特公爵他们并不是你的父母。”

“无论他们是不是，这些年都是他们在照顾我。我必须要回去。”

“不是现在。”说完这句艾伦顿了一下，再度开口时，内容却变成了极冷的警告，“不要再试图逃离这里。也不要企图挑战我的容忍极限。否则，我会杀了你。”

爱林娜一句话都说不出，就这么看着艾伦离开了房间。再度只剩下爱林娜一个人的时候，爱林娜不禁瘫软在了地上。

可接下去该怎么办呢？难道真的要像艾伦说的那样留在这个城堡里吗？

她都不知道将来还会遇到什么样的事。格兰特公爵他们又会怎样呢？爱林娜想起她的养父对她无微不至的关心，心里就有点难过。对于未知的未来更显得彷徨。那个血族的亲王口口声声说的什么“觉醒”又是怎么回事？

就在爱林娜思绪纷乱的时候，艾伦已经来到了威瑟庞塞城堡的议事厅。气势恢宏的议事厅里摆放着无数巨型的烛台，照亮了整个大厅。窗户也是用厚厚的天鹅绒遮着，不透一丝光线。至少有二十米高的弧形圆顶用七彩的琉璃雕画着黑色羽翼的天使和鲜红的地狱火焰，仿佛在述说着远古时代那不为人知的故事。

此刻的议事厅里已经有了很多血族。他们三五成群地聚集在一起低声谈论着什么，气氛隐约透着股压抑的兴奋。当艾伦的身影出现在议事厅的时候，所有人都安静了。他们朝着艾伦深深弯下腰。

“亲王殿下！”

艾伦点头致意，随即就走向了议事厅正中间象征血族王者的座位。

“想必你们已经知道，那个人的后裔已经在威瑟庞塞。”

话音刚落，在场的血族们顿时哗然。立刻就有血族迫不及待地开口问道：“亲王殿下，那您已经对她进行了‘初拥’了吗？”

所有的血族几乎都屏息听着艾伦的答案，眼神里充满着期待。然而，艾伦却摇了摇头：“她还没有觉醒，所以还是人类。”

“唉！”叹息声此起彼伏。

艾伦似乎明白这些血族为什么这么失望。

“好了。无论有没有这个人，我们和卡罗泽的战争还是会爆发。她的出现，只是预示一切的开始。”如果可能，他并不想让她出现，卷入这一场血雨腥风。艾伦在心里默念。但他明白，这不可能。

一听到卡罗泽的名字，血族们就显得有些义愤填膺，对着艾伦说道：“亲王殿下，那个该死的卡罗泽，他的手下已经伤了我们好几个人！所幸有辛默尔之前的提醒，否则真不知会怎样。”

艾伦点点头，看向血族们提到的辛默尔，也就是克罗蒂亚，道：“辛苦你了。”

克罗蒂亚笑靥如花，站在艾伦的右手边，朝着他微微躬身，道：“能为您分忧是我的荣幸。”她的眼里充满了憧憬和爱慕。

艾伦似乎很清楚克罗蒂亚的想法，但是他并没有多说什么，看向了雷塞尔。

“在女王的皇宫，你和卡罗泽的人交过手，情况如何？”

雷塞尔恭敬地回道：“比起过去，他们的实力增长得很快。和我交手的几个已经拥有中级的攻击能力，但是他们的等级却不高。虽然我有能力完全击杀他们，但还是被拖延了时间。对不起！”说着雷塞尔露出了惭愧的表情。毕竟是他险些让爱林娜落到了卡罗泽的手里，没有完成艾伦的嘱托。

艾伦不在意地挥挥手，道：“这不怪你。我也小看了他们。”说着艾伦的语气一沉，变得有些阴沉，道，“不过下一次他们就没有那么幸运了。这么长时间以来，进步的不仅仅是卡罗泽。”

其他的血族纷纷点头，表示赞同。

这时艾伦站了起来，对着在场的所有血族沉声道：“再过不久就是红月到来的日子。我们已经等了很久，是结束的时候了。雷塞尔，你替我向所有血族下达命令——我誓以海恩斯·D·艾伦·梵卓·德库拉血族之王的名义，为了血族的延续和未来，向以卡罗泽·A·勒森帕为首的叛军宣战，要求所有红月眷顾之下的血族做好迎战准备。”

这一刻，包括雷塞尔在内的所有血族都神情庄重，静静地聆听着他们的王下达命令，然后所有人低下头，朝着艾伦表示臣服。雷塞尔则恭敬至极地应了一声“是”。

所有血族都有些血液沸腾的感觉，为了等这一天，他们究竟耗费了多少时间？对于拥有几近永恒生命的血族而言，时间并不算什么，但其中那种漫长的等待却是最让他们难以接受的。为此，甚至有血族选择了长眠。

只是，血族们兴奋的同时，有一个血族的眼中却有着完全不同的眼神，那种无法忽略的恨意在她眼里弥漫，但此刻的她却深深低着头，小心地没有让其他的血族发现她的异样。

她就是克罗蒂亚。

艾伦宣布命令之后，就离开了议事厅。经过威瑟庞塞的中庭的时候，他发现已经是黄昏了。

艾伦迟疑了一下，脚步还是迈向了爱林娜所在的房间。

爱林娜斜靠在躺椅上，正对着窗外发呆。她并不像血族那样讨厌阳光，所以窗帘都被收拢，夕阳淡淡的金色正洒在她脸上，让她看上去有些脆弱彷徨。

“在想什么？”艾伦不由自主地开口，语气并不像过去那样冰冷。在他的心底似乎总是隐藏着一种无法表述的情绪。之前，他都用无可挑剔的冰冷表情掩盖，可现在，面对爱林娜不自觉流露出的深深无助，冰冷似乎有了一丝裂痕。

“我不知道。”爱林娜的语气里有着些许嘲弄，就好像是在笑自己的无力。她没有看艾伦，她只是在想很多很多事情。小时候的，懂事的，不懂事的，长大的等等，包括她的养父母。她觉得奇怪，为什么她会知道格兰特公爵夫妇是她的养父母，好像从她有记忆开始就知道了。然而，爱林娜却怎么也想不起她五岁前的所有事。那段记忆就是一片空白，难以填补的空白，一丝痕迹都没有。

从一开始的惊慌失措、难以置信，直到现在，她逐渐平静地接受了这个事实。然而，爱林娜的心里竟有种极古怪、连她自己都觉得不可思议的感觉，她似乎曾经来过这个地方。刚才她在走廊中的时候，就有这样的感觉，她好像曾经也陷入过这样的状况。可究竟是什么时候，和什么人？爱林娜却一点记忆都没有。

爱林娜的话让两个人一时间都陷入了沉默。好一会儿后，爱林娜深吸了一口气，收拾心情，她不知道艾伦为什么又来找她，但他来应该不会有什么好事吧。

爱林娜转过身看向正站在她身后的艾伦，道：“亲王殿下，您又来找我有什么事吗？我不觉得我有什么可以告诉您的。”

艾伦看了爱林娜好一会儿后，才冷淡地说：“跟我去一个地方。或许对你的觉醒有帮助。走吧！”艾伦极绅士地走上前，向爱林娜伸出了手。

爱林娜轻哼一声，避开了艾伦，径自站起来，说：“无论怎样，我现在是阶下囚，亲王殿下不用这么客气。”

艾伦听着爱林娜带着讽刺的话，扬了扬眉，什么都没说就转身走在了前面。

再度走在威瑟庞塞的走廊上，那种熟悉的感觉又回到了爱林娜的脑海里。似乎对威瑟庞塞有了超出她想象的熟悉，甚至在艾伦转过一个走廊的时候，她隐约猜到走廊尽头好像是个接待厅。而在艾伦穿过那个接待厅的时候，爱林娜发现自己竟猜对了。

然而，她真的只是猜的吗？

事实显然不是这样。爱林娜越走越觉得熟悉。她跟在艾伦身后，神情有些恍惚了。直到艾伦突然在一扇大门前停下来时，爱林娜竟重重地撞上了艾伦的背。

“啊？”爱林娜直到撞上后，才清醒过来，想到艾伦宽厚的背，虽然没有温度，却有种让人好想依靠上去的冲动，为什么会这样？我不是很讨厌他吗？讨厌他的霸道、冰冷，但为什么有时候又感动于他突然出现的温柔？觉得他非常让人信赖呢？

不敢再继续想下去，面色绯红的她本能地道歉：“对不起！我不小心……”

“你没事吧？”艾伦一手扶住爱林娜，语气出奇地柔和。

“没……没事……谢谢！”爱林娜有些不自然地挣开艾伦的手，他的突然靠近让爱林娜一瞬间失神了，一下子忘记了她还是个“软禁”对象，竟向艾伦道谢。等爱林娜回过神，她才意识到她根本没必要这么对这个人。

艾伦又看了一眼爱林娜，没有说话。他轻轻推了一下眼前的巨型拱门。两扇深黑色古朴铁质大门就这么无声无息地在两人眼前打开。

爱林娜有些好奇地看着那两扇门背后，但是未曾想那里面一片漆黑，根本什么都看不见。

这时候艾伦再次向爱林娜伸出手，道：“我领你进去。”

爱林娜看着那一片漆黑，紧张地咽了口口水。

“我……我可以不去吗？”

神啊！谁知道这里面有什么样的怪物。

什么觉醒？爱林娜根本不认为她能觉醒成什么样。

艾伦听出了爱林娜的恐惧，极难得地又多说了几个字：“有我在。”

爱林娜看着固执地伸在她面前的手，心里大喊着：什么有你在？最大的问题不就是你吗？但是，爱林娜完全无法违背艾伦，只能伸出手，打着颤，跟着艾伦走进那片漆黑。

就在爱林娜走进那扇门的时候，门再度无声地关上了，彻底阻隔了外面的走廊后，爱林娜眼前亮起了无数闪着冰蓝色光芒的火焰，这样的火焰将整个空间照亮。爱林娜几乎惊叫出声。

她看见了什么？

那是绵延不断的山脉，远远地延伸开去，完全看不到尽头。不能想象，在威瑟庞塞城堡里怎么可能会有这么大的空间。让爱林娜更为震惊的是那漫山遍野摆放着的一具又一具黑色棺木，无法计数！那像血一样鲜红的十字架雕刻在那些棺木盖上，竟让人有种像是在阅兵的诡异错觉。

然而爱林娜的感觉并没有错，艾伦眼看着这样的情形，本来冰冷的神情出现了一瞬间的放松，像是松了一口气，又像是激动。紧接着，艾伦就放开了爱林娜的手，只说了一句："你等着。"然后艾伦也不知怎么了，就突然从爱林娜眼前消失了。

下一秒钟，爱林娜就惊呆了，艾伦化身成无数闪耀着金色光晕的蝙蝠，飞向了那些棺木的上空，然后爱林娜感到了一阵无法言述的剧烈颤动。

爱林娜并不知道艾伦要做什么，但她隐约可以猜到这些棺木里究竟会有什么。会是……会是……血族吗？这个想法让爱林娜打了个冷战，如果真是这样，血族有那么多，那凭他们的实力，人类根本就不是他们的对手。

就在爱林娜恍惚的瞬间，艾伦幻化成的蝙蝠群已经回到了爱林娜身侧。

这时，更惊人的一幕发生了。所有的棺木都几乎在同时发出咔嗒声，接着就是棺木盖被打开的声音，此起彼伏，可没十分钟，就全部停了下来。然后从那些棺木中极利落地爬出了无数血族。

爱林娜连大气都不敢出，她发现，无论是离近或离远了看，那些血族衣服的款式都非常古老。

爱林娜忽然想起了很久以前曾经听过的传说……传说中，血族有无数沉睡的战士。

这些战士难道都是在威瑟庞塞城堡沉睡吗？

他们为什么会醒来？是因为艾伦和她闯进这里的关系吗？

爱林娜瑟瑟发抖，下意识地看向了艾伦，虽然这个人是罪魁祸首，更是抓她来到威瑟庞塞的恶魔，但不知道为什么这时候她想到的却是只要这个男人在，她就不会有事……

漫山遍野的血族站在一起会有多么惊人，爱林娜已经深刻体会到了。

只是当眼前所有的血族都恭敬地朝着她，不，更确切地说，是朝着她身边站着的那个男人低头弯腰行礼时，这种震撼显然不是一个普通人可以承受的。

原本又惊又怕的爱林娜还以为她这次会死在这一大群血族的手中，可现在的一切完全颠覆了她的想法。爱林娜昏了过去。她倒地的一瞬间，艾伦伸手抱住了她。

看着爱林娜苍白的脸色，他微微皱了皱眉，然后就对着所有正静静等着他说话的血族们说了一句："战争就要开始了。"

说完这句后，艾伦抱着爱林娜离开了这个诡异的空间。而他身后则传来了震耳欲聋的欢呼声。

艾伦很快就把爱林娜送回了房间，看着她，艾伦深深吸了一口气。怀中人微弱的呼吸和接连不断发生的事让他紧紧地皱起了眉头，艾伦冷峻的脸上又添了点霜雪。

如果这点刺激她都无法经受，万一将来她真的觉醒了，那到时候……就麻烦了。

算了，不用再多想什么，既然他已经决定不会再对爱林娜出手，那么她现在住在城堡里是最安全的。无论将来发生什么，他都绝对不会让爱林娜受到伤害。这就算……就算是对那个人的补偿吧。

“海恩斯，你怎么在这里？”

这个时候，克罗蒂亚诧异的声音打破了他的沉思。

艾伦并没有说话，但克罗蒂亚却在下一瞬变了脸色，她压低声音，难以置信地看着艾伦说：“你……你竟然带她去了骸谷？”

“这与你无关。”

亲王的这句话与承认他带着爱林娜去了骸谷没有区别。

克罗蒂亚碧绿色的双眸在瞬间变成了血红色。

“为什么？为什么是她？你明明知道她有多危险！为什么？”

“我说了，这和你无关。”艾伦微微皱起眉看着克罗蒂亚，再次重复了自己的话，语气冰冷而不耐烦。

克罗蒂亚冷笑，道：“与我无关？真的无关吗？你该清楚这个女人随时都可能觉醒！到那个时候，她只要有一点……我们就完了！为什么不杀了她？为什么？你不是说过会杀了她吗？现在为什么还要留着她？她留在威瑟庞塞一天，我们就多一分危险！卡罗泽不会放过她！他会不惜代价地来找她！难道你就要眼睁睁看着我们的人为了她死吗？海恩斯！你还记不记得你的身份！”

“够了！”艾伦冷喝一声，打断了克罗蒂亚的一声声质问，他冰冷地看着她，“我的身份用不着你提醒。我作出的决定也轮不到你来质疑。”

克罗蒂亚被艾伦那充满寒意的视线扫过，骇然倒退了一步，可是紧接着她还是咬牙直视着艾伦，颤声说：“海恩斯！我……我并没有质疑你的意思……我……海恩斯！可是你真的不该留下她。我知道，我们不能对人类动手，可是，为了你，为了整个红月家族，我可以杀了这个女人！我不怕诅咒，海恩斯！”

“住嘴！克罗蒂亚！”艾伦打断了克罗蒂亚的话，他神情严峻地对着她说，“克罗蒂亚，不要再让我听到你要杀她这样的话。卡罗泽想要找到她，为的就是她觉醒的血。我不会让这样的事情发生。威瑟庞塞对她来说，很安全！我们和卡罗泽的人总有一天要一见高下。这件事和爱林娜没有任何关系！她不过是……”

克罗蒂亚咬牙看着艾伦，闻言之后，嘴角露出一抹冷笑，道：“因为是那个人的后代……不是吗？又是那个人……她长得有那么像那个人吗？海恩斯！你就那么难忘记那个人吗？难怪你让她住在这里，难怪你这么不惜一切地保护她，只是因为那个人而已！你根本就忘记了你是王，你是我们血族的王！”

“克罗蒂亚！”艾伦大喝一声，却没能阻止克罗蒂亚的话。

她大声冷笑着，对着艾伦说：“你会后悔的！海恩斯！你会后悔的！这个女人根本就不相信你！她会毁了一切！她会毁了我们所有人！”说完这些，克罗蒂亚甚至不等艾伦说话就转身跑出了房间。

艾伦脸色铁青地看着克罗蒂亚消失，左手握拳重重地砸在了身旁的桌上。桌子发出咔嚓一声响，居然由中间断成了两半。

“该死！”艾伦压抑着自己的怒火。

多少年了，这还是艾伦第一次真的想动手杀人。就在这一瞬，艾伦的视线突然停留在了房间的墙上，上面高挂着一幅巨大的油画半身人像。那是一个女人的画像，金色的长发，雪白的肌肤，却有着一双黑色的眼睛。她的笑容温柔而优雅，眼神中透着愉悦……

艾伦不由自主地走上前，伸出手似乎想要碰触那幅画，又或者是画里的那个人。只是，就要碰到的时候，他却顿住了。几秒之后，他颓然地放下手，头也不回地离开了房间。

这一切似乎只发生在艾伦和克罗蒂亚之间，仅仅是一瞬间。但是，他们却都没有想到，这些都已经被另一个人看见。那就是本应该昏迷的爱林娜。其实，爱林娜只是昏了一会儿而已。在艾伦把她放到床上之后，她就已经清醒了。

爱林娜并不愿意在这个时候面对艾伦，所以干脆装作昏睡。所以克罗蒂亚冲进来之后发生的所有事情，她都一清二楚。从艾伦和克罗蒂亚的对话里，爱林娜总算明白了一些原本并不清楚的事，虽然她到现在还是有点弄不清来龙去脉，不过要比一开始的满头雾水要强多了。

从克罗蒂亚的话里，她听得出来，似乎她的存在已经威胁到了以艾伦为首的那群血族。原因是另外有一群以卡罗泽为首的血族想要得到她的血？难道得到她的血那群血族就能无敌了？所以克罗蒂亚是想让艾伦杀了她。但是血族似乎又有规定，不能对人类动手，不然就会有诅咒降临，所以艾伦并没有杀她。

不，好像也不完全是这样。听克罗蒂亚的语气，就好像艾伦之所以保护她，是因为那个人！那个人，那个人难道就是指她的母亲吗？也就是说艾伦也认识她的母亲？

爱林娜躺在床上，头一阵阵地疼。从克罗蒂亚的话里，隐约可以听出艾伦很在乎她的母亲，而且……让爱林娜有些恍惚的是刚才自克罗蒂亚离开之后，艾伦泄愤似的砸坏了一张桌子，然后就陷入了沉寂。

也并非是爱林娜好奇，她只是想知道艾伦究竟有没有离开房间，所以那时候，她微微睁开了眼睛，四下张望，却偏巧看到了艾伦正全神贯注地盯着房间里的一幅油画。

艾伦当时的神情让爱林娜完全无法形容，也不可想象，艾伦这个冷酷的男人竟然也会有这么温柔的表情。他就像是在沉思，又像是在回忆……完全没有以往的冷漠。

这个男人究竟想到了什么才会露出这样的表情？是因为画里的那个女人吗？那她又是谁？

爱林娜不由自主地从床上翻身坐了起来，看向那幅油画。

画中的女人让爱林娜觉得陌生，甚至很不舒服，可又不得不承认她的美丽。莫名地爱林娜心里有点闷。果然男人都是一样的，管他是人类还是吸血鬼，看到美女表情不都一样吗？哼！

第七章 CHAPTER 07

暮光之心

THE OFFSPRING OF THE TWILIGHT

无论爱林娜后来又想到了什么，但最终她还是决定先留在威瑟庞塞看情况再说。如果克罗蒂亚和艾伦所说的都是事实，那么就意味着无论她跑到哪里都会受到血族的威胁。留在威瑟庞塞至少不用担心安全问题。虽然克罗蒂亚对她并无善意，但是毕竟艾伦说过不会再伤害她。莫名地，爱林娜还是相信了艾伦的话。

接下来的几天，爱林娜再也没见过艾伦，甚至其他的几个血族也没了踪影。百无聊赖的爱林娜很郁闷，在学校上课的时候，她虽然话不多，但每天都很充实，可是在威瑟庞塞，房间里的书都是厚厚的血族历史，又或者是神学。说实话，爱林娜对这些一点兴趣都没有。虽然也翻看了两本关于血族的历史，但里面基本都是关于红月家族和血族叛军的斗争史——以红月为名的吸血鬼家族一直在人类的历史之下生活着，然而另外一支吸血鬼家族却并不愿意这样低调地生活，他们背叛了红月家族，成立了叛军，大肆杀害人类，从而引起了战争……

爱林娜啪地一下合上了书。

她知道艾伦的身份并不简单，但是真正从书上看到了艾伦的名字时，这种震撼还真的是很难形容，所以爱林娜就更不想去翻那些书了。就好像她知道的越多，就越没法脱离现在这种情况似的。

就在爱林娜觉得自己忍无可忍的时候，艾伦总算是出现了。爱林娜并没有察觉到她看到艾伦的时候，松了一口气。

“你到底要让我在这里待到什么时候？”爱林娜怒气冲冲地质问艾伦。她觉得自己的耐心已经到极限了。

不过艾伦显然没有在意爱林娜的语气，他侧身让跟在他身后的几个血族走进了房间，其中一个血族的手上捧着一个盒子。然后，艾伦貌似随意地指了指那个盒子，冷漠地说：“戴上这个。”

“凭什么！”

爱林娜几乎是本能地反驳道。

“不凭什么，戴上它。”

艾伦看了看那个盒子，又看了看因为怒气而涨红了脸的爱林娜，冰冷的目光里有一闪而过的温柔。

不过，那抹温柔实在是消失得太快，以至无论是爱林娜还是艾伦自己都没有发觉。

“我不要！”

爱林娜气呼呼地冲着他大吼，然后一把夺过盒子，把它丢在了床上。

这是异常失礼的行为，艾伦瞬间迸发出来的气势几乎让爱林娜以为他会杀了自己。但是最终，在一小段沉默之后，血族的王只是眯了眯眼睛，然后一言不发地离开了她的房间。

直到房门关闭，爱林娜才猛地打了一个冷战，然后无力地跪在了地上。

她感到孤独又无助。

明明知道艾伦是危险的吸血鬼，她却总是不由自主地想要去激怒他。

她惊恐地发现，自己其实是想要看到那个家伙脸上除了冷漠以外的表情。

到底是怎么了……

爱林娜抱着自己的膝盖，悲伤地低下了头。

就在这个时候，她的房门再一次打开了，爱林娜诧异地抬头望去，却看到了一个熟悉的身影。

犹豫了半天，她终于忍不住开口对着那个人开口了：“老师……”

她的语气里有着一丝不确定，不知道自己再这么称呼雷塞尔是不是合适。

不过雷塞尔在听到爱林娜这么叫他的时候，却显得很高兴，但很快雷塞尔的脸上就露出了一抹歉意。

他走进了房间，然后小心翼翼地坐在了她的旁边：“爱林娜……对不起。”

这是雷塞尔和爱林娜在那天之后第一次碰面，他最终还是道了歉。一开始，他接近爱林娜的目的并不是那么单纯。可是后来，他真心喜欢上了爱林娜，喜欢她的天真，她的才华。可是这一切都没有办法改变爱林娜的命运。这也是雷塞尔觉得亏欠爱林娜的。

爱林娜顿了一下，苦笑道：“老师，这一切不能怪你。可是，你能不能告诉我，今后又会怎样？我……还能不能回去？”

爱林娜虽然已经接受了现在发生的一切，可是对于未来的迷茫，让她手足无措。这几天虽然过得很平静，但她感觉到的却是暴风雨前的平静，而她连将来到底会发生什么都不知道。

雷塞尔叹了一口气，他这次奉亲王的命令来到这里，不就是为了不久的将来可能会出现的大战，给爱林娜提前做准备吗？但是面对爱林娜天真而单纯的眼神，他却又不知道该怎么去解释。

那些黑暗的、纠缠了千年的、充满着血腥的一切，还有那无论怎样都无法摆脱的命运。他该如何向爱林娜解释呢？

亲王啊！你可真是给我出了个难题。

爱林娜看出了雷塞尔的迟疑，不由得催促一声："老师？"

雷塞尔避开爱林娜期待的眼神，最终还是决定像这样的事情还是让亲王自己处理吧。这可怪不了他，谁让这些事情亲王自己也脱不了干系呢？下定决心之后，雷塞尔顿时觉得轻松好多，瞥到了爱林娜手里拿的那个盒子，就岔开了话题："爱林娜，这是……"

爱林娜无奈地叹了一口气，她看出了雷塞尔的回避，或许这一切的真相只有问艾伦亲王了。爱林娜有些失落地拿起那个盒子给雷塞尔看。

"是。他给了我这个……不过我跟他吵架了。"

雷塞尔愣了一下，然后笑了起来。

"亲王殿下或许只是想要让你开心一……"雷塞尔才说了半句话，就被盒子里的东西惊到了。他难以置信看着盒子里的东西——那是一条点缀着一颗黑色宝石的纱丽。

他看着那条纱丽，或者说是那颗黑宝石，表情无比激动。雷塞尔几乎是小心翼翼地碰了一下那颗黑宝石，呼吸变得粗重起来。

爱林娜对雷塞尔的反应感到奇怪。

“老师，你怎么了？”

“这……这是亲王殿下给你的吗？”雷塞尔艰涩地问道。

爱林娜还以为雷塞尔是对艾伦竟送给她这么贵重的礼物而惊讶，所以只是苦涩地点头，说：“是。但我……并不想要。”

爱林娜说的是实话。她不想接受这么贵重的礼物，这样感觉好像欠了艾伦什么似的。

哪知雷塞尔在得到确定的答案后，更激动了。他一把把盒子塞回了爱林娜的怀里，然后就匆匆忙忙地说：“爱林娜，你等着。我马上回来。”

说完这句话，雷塞尔竟然一个转身就在原地消失不见了。留下爱林娜惊讶地待在房间里。

雷塞尔果然只消失了一瞬间，他回来的时候，手上拿着一串不知是什么金属打造的项链。爱林娜惊讶地看着雷塞尔用微颤的手又一次打开了那个盒子，然后微微一个用力，竟然就将那条纱丽上的黑宝石取了下来。

雷塞尔的这个动作让爱林娜发出了一声轻轻的惊呼，但雷塞尔像是没听见一样，随即将那黑宝石镶嵌在了他带来的那根项链上。几乎就在黑宝石碰到那根项链的瞬间，那链子就像重新活过来似的发出了柔和的光芒，和黑宝石交相辉映，美得不可思议。

爱林娜瞪大眼睛看着这样的变化，一时无语。那块黑宝石就像天生应该和那根项链在一起似的，无比协调。

“这……这是……”爱林娜忍不住疑惑地看着雷塞尔。

雷塞尔露出了满意的笑容，看着爱林娜说："好了，这才是真正的'暮光之心'。"说着将手中的项链递给了爱林娜。

"'暮光之心'？"爱林娜疑惑地问，接过项链放在手中的瞬间，她竟觉得那黑宝石项链散发着淡淡的暖意。

雷塞尔点头，极慎重地说："爱林娜，亲王殿下将这颗'暮光之心'送给你，你可一定要好好保存啊！"

他好像很清楚那颗黑宝石的意义，再三嘱咐爱林娜要保管好。最后，他干脆帮着爱林娜将那链子戴到了脖子上，才告辞离开。

爱林娜轻轻抚摸着挂在胸前的那颗"暮光之心"，雷塞尔如此郑重其事，这宝石到底是什么呢？为什么之前艾伦会要她戴上这个呢？

反复抚摸着那颗宝石，爱林娜忽然觉得这条宝石项链有一种莫名的熟悉。

自己是不是在什么地方见过这颗宝石呢？可是……在哪里呢？

爱林娜想了好久都没有结果，轻声叹了一口气之后，想去休息一会儿。只是，让爱林娜没想到的是，她在经过房间那幅巨型画像的时候，一下子顿住了脚步。

如果她没有看错，那幅画像上的女人胸前不正是戴着那块"暮光之心"吗？爱林娜怔怔地看着那幅画像，优雅而端庄的美丽女人胸前的黑宝石熠熠生辉，就好像她那双眼睛……

所以，"暮光之心"应该是这个女人的吗？

爱林娜忽然回忆起艾伦在把这东西交给她的时候，那略有所思的神情……莫名地，爱林娜的心一阵收缩，这个女人究竟是谁？她和艾伦又是什么关系？

“在想什么？”艾伦的声音忽然在房间里响起。

爱林娜惊了一下，转身看向艾伦：“你……你怎么进来了？”

艾伦很自然地指指门。

“你没关门。”语气理所当然。

爱林娜默然无语，转眼又看向了那幅画像。她想要问艾伦这幅画像里究竟是谁，但是之前她跟艾伦的争吵却让她什么都问不出口。

就在爱林娜犹豫的时候，艾伦走近了她。爱林娜不由得抬头看向他，而艾伦的眼神似乎落在了她胸前的“暮光之心”上。

“是他拿给你的吗？”

艾伦的声音低沉而悠远，就像是在回忆什么。他伸出手轻轻地抚摸着“暮光之心”，指尖偶尔扫过爱林娜同样握住黑宝石的手。

“什……什么？”爱林娜因为艾伦的靠近，大脑中一片空白，他身上的微冷几乎令爱林娜战栗。她知道吸血鬼是没有温度的，可是艾伦的指尖带给她的感觉却像火一般炙热，简直要烫伤她了。

“是雷塞尔把这项链给你的，是吗？”艾伦的声音就在爱林娜的耳旁，那是从未有过的轻柔语气。

爱林娜极轻微地点着头。她并不知道艾伦为什么会这么问，也不清楚他是怎么知道是雷塞尔给她这项链的，或者说，此刻的爱林娜根本没有心思想那些，她在意的只是艾伦的靠近。

为什么她的心脏会跳得那么快，为什么她觉得自己的脸滚烫滚烫的?

“很美。”艾伦忽然赞叹。

“什么?”爱林娜心中些微泛甜，觉得有些羞涩。这是艾伦第一次称赞她，她慌乱地抬起头，然后笑容凝固在脸上。

艾伦正无限温柔地看着那块宝石。

爱林娜忽然间难掩忧伤，她侧过头避开了艾伦的视线。

即使再怎么欺骗自己，她也不得承认，这一刻，她嫉妒这颗宝石。

“是很美，‘暮光之心’……”

“不，我说的是你。”艾伦的声音清晰地传来。

爱林娜难以置信地再度看向艾伦，却发现他那双冰蓝色的眼眸中此刻完完全全都是她。

爱林娜的心像是被揪紧了似的，嘴唇都颤抖了，她说：“你……你说什么?”

艾伦看着爱林娜，忽然伸手抬起爱林娜的下巴不让她再逃开，注视着爱林娜的眼睛，低声说：“‘暮光之心’很适合你，很美。”

爱林娜觉得自己的心脏都跳到嗓子眼了，她连忙用手按在胸口。她和艾伦之间的距离或许只有几厘米?他……他想做什么?

“爱林娜……”艾伦低声叫着爱林娜的名字，声音十分低沉，又有着无法形容的沙哑。他看着爱林娜，似乎有很多话想要和爱林娜说，却更像是在努力地在控制着自己。

和谐安静的气氛就这样笼罩在紧紧靠在一起的两个人身上，地上的影子更让两个人像是融合在了一起。

也不知过了多久，艾伦突然放开了爱林娜，说了一句：“好好休息。我会再来看你。”随后他就头也不回离开了房间。

爱林娜像是全身的力气都被抽光了一样，倒在床上，她极轻地抚摸着自己的嘴唇，那一瞬，他的唇碰到了她的吗？

究竟他们有没有……爱林娜满脸通红地把自己裹进了柔软的被褥里。

怎么可以……她怎么可以胡思乱想……

第八章 CHAPTER 08

如果可以逃离

THE OFFSPRING OF THE TWILIGHT

硕大的血红色月亮高悬在天空中。

爱林娜迷茫地拖着脚步，走在一个迷宫之中。

这里是威瑟庞塞吗？像，可又不像。过道非常安静，只有爱林娜一个人的脚步声。爱林娜并不知道自己为什么来到了这个地方，可是她的脚却像已经知道要往何处去似的。

爱林娜的思绪有些混乱，她并不知道为什么她会突然出现在一个陌生的过道上。一股怪异的吸引力引导着她，这是想要告诉她什么吗？

远处突然有一线白色光亮在昏黄的走道尽头出现，相当耀眼。爱林娜不禁眯起了眼睛，加快了脚步。

在越来越接近那白色光亮的时候，爱林娜隐约听到了一些声音，像是有人在呻吟，又像是有人在大声尖叫。爱林娜顿了顿脚步，随后却走得越发快了。那个声音很熟悉，却不知道是来源于谁。

模糊的影子逐渐变得清晰。爱林娜骇然发现在光的尽头站着一对男女，一个是她曾经在梦中见到的那个女人，虽然爱林娜那时并没有看清她梦见的女人，可是直觉告诉她，这是同一个人。可她这次看见的女人，无论是头发还是眼睛，颜色都不一样了。

这一瞬间，爱林娜想起了那幅画像。

眼前正跪在地上痛苦呜咽的女人竟和那画像上的人一模一样！

爱林娜的视线情不自禁地移到了那个女人的胸前，果然，她此刻戴着

“暮光之心”！这到底是怎么回事？爱林娜震惊了，完全不知道该如何去解释眼前的这一切。

她是在做梦吗？

就在这时，站在女人面前的男人说话了。他的声音很低沉，却很温柔。

“我会回来，照顾好我们的孩子。”说完，那个男人转身绝决地离开了。

爱林娜在这时再度听到了那个女人痛苦的呼喊。几乎同时，爱林娜觉得自己的胸口传来一阵剧痛，痛得她简直无法呼吸。

她不得不移开停留在那女人身上的视线，在这一瞬间，她再度惊讶地看到一个陌生又熟悉的身影——艾伦。

看到艾伦的那一刹那，爱林娜几乎忘记了一切。可眼前的艾伦和爱林娜记忆中的艾伦似乎又不同。爱林娜所认识的艾伦成熟，习惯用冷酷的外表、一成不变的神情来面对任何事情。

可此刻的艾伦却显得无比锐利，就像一柄出鞘的双刃剑，他的表情似乎正在告诉所有人他的不悦和压抑。

爱林娜忍不住开口大喊：“艾伦！这到底是怎么回事？”

但是，似乎没有一个人能听见她说的话。艾伦甚至在那个男人转身离开后，也离开了。

看着那银白色的背影，从未有过的惊慌自爱林娜心底升起，她呼喊得更用力：“艾伦，艾伦！别走，别走！”

她不想被丢下，被丢在这个莫名的空间里，这一切究竟是怎么了！

“艾伦……”爱林娜发出一声惊呼，猛地睁开了眼睛。

血色的月亮消失了，迷宫一般的通道也不见了，那些人影更没了踪迹。在她眼前的是近来日渐熟悉的粉白色帐幔。

爱林娜苦笑了一下，果然是梦吗？可这个梦说明了什么？

隐约有个念头在爱林娜的脑海里升起，可是她并不愿意去多想。

或许想多了，她就真的无法再离开这里。

爱林娜深吸一口气让自己不再去想，然后她起床拉开了窗帘，外面阳光正好，没有一点红月的痕迹。

或许，真的是她想太多了。爱林娜自嘲地笑了笑，开始她又一天的等待。

只是没等多久，她的房间来了一位客人——克罗蒂亚。

爱林娜并不知道克罗蒂亚为什么要来找她。克罗蒂亚看到她的瞬间，就发出了一声惊呼，然后她美丽的脸上露出了被羞辱的表情。

她一步冲上前，重重地一把抓住爱林娜的手臂，大声说：“‘暮光之心’！你怎么会有‘暮光之心’？谁给你的？”

克罗蒂亚的举动让爱林娜吓了一跳，手臂上的剧痛更让她痛哼了一声。

“放开我，你放手！”

克罗蒂亚根本没有听爱林娜的话，反而更用力地抓住她，大声喝问：“你从哪里拿到的‘暮光之心’？快说！不然……不然我吸干你的血！”

爱林娜疼得冷汗淋漓，可是几乎融入血液中的贵族的骄傲却让她根本不可能向克罗蒂亚屈服。

她咬着牙，气愤地低喝："放开我！你这个没有教养的女人！"

克罗蒂亚听到爱林娜的骂声之后，脸色变得铁青。突然，她的一只手弹出了利爪，抵在了爱林娜的脸颊上。

这是……

爱林娜一下子僵住了。克罗蒂亚露出完全与美丽无关的残忍笑容，嬉笑着说："你不说是不是？那我就划破你的脸！"

爱林娜全身颤抖，却咬牙没有理会克罗蒂亚，她紧紧地闭起了眼睛。

克罗蒂亚见状，尖锐的犬齿几乎要刺破她血红的嘴唇。气急败坏之下，她伸出手，眼看着就要用利爪刺破爱林娜的脸。

就在这时候，门外突然冒出一个戏谑的声音："哎呀，克罗蒂亚，你这是在干什么呢？小心点，可不要伤到命运选中的小姑娘啊。"

克罗蒂亚的动作一顿，随后，她愤怒地转头看向来者，低声咆哮："拉泽！我的事不用你管。"

出声制止了克罗蒂亚的人就是跟爱林娜有着一面之缘的拉泽·迈卡维。

仿佛瞬移一般，他出现在了爱林娜的身旁。

"不好意思啊！"他微微笑着，伸手拉开了克罗蒂亚。

"拉泽！"克罗蒂亚的愤怒无比清晰。

但拉泽·迈卡维似乎一点都不怕，他的笑容里多了一丝冷意："克罗蒂亚，你的事，我当然不敢管。可是亲王殿下交代过，任何人都不能伤了格兰特小姐。否则……我可不愿看你受罚。”

迈卡维说着把爱林娜拉到了他的旁边，视线若有似无地扫过了爱林娜胸前的“暮光之心”。

听到迈卡维这么一说，克罗蒂亚总算恢复了冷静，可她看着爱林娜的眼神却仍像是要吃人一样，只听她恶狠狠地说：“你可以不告诉我究竟是谁给了你‘暮光之心’，但我奉劝你，最好不要让亲王殿下看到。”

“克罗蒂亚小姐，感谢您的好意和提醒，我很清楚这颗‘暮光之心’的重要。艾伦在把它交给我的时候，就已经和我说清楚了。所以我想这件事并不需要您过多在意。”

此刻爱林娜对着克罗蒂亚露出了意味深长的甜蜜笑容，她轻轻抚摸着黑宝石，语气轻松地说。

其实，爱林娜此刻也在强压着怒火。连日来发生的这些事，已经让她的忍耐到了一定限度。现在克罗蒂亚的欺辱显然也惹怒了爱林娜。

因为养女身份的关系，爱林娜从小养成了不喜欢和人争的个性，可这也并不意味着她是软弱的、可以随人侮辱的。反倒是自小接受的贵族教育让她非常清楚地知道在这种情况下该如何应对。

爱林娜的一番话引起了在场两位血族截然不同的反应。迈卡维眼里闪着有趣的光芒，至于克罗蒂亚则是又惊又怒。

她恐怕怎么都没想到这无比珍贵的“暮光之心”竟然是亲王交给爱林娜的！不甘心的克罗蒂亚愤愤地看着爱林娜。

爱林娜和克罗蒂亚之间的气氛僵化，迈卡维却像丝毫没有感觉到似的，东拉西扯地说了几句后，才拍着脑袋，好像刚刚想起来似的说：“哦，该隐在上，我想起来了。格兰特小姐，我们快点离开这里吧。”

“离开这里？”爱林娜愣了一下，这是这么多天来她第一次听到有人说要离开这里的话，所以她又忍不住追问一句，“去哪里？”

“嗯，当然是逃走了。”迈卡维云淡风轻地说了这么一句。

……

爱林娜看着迈卡维的表情，有点哭笑不得。他的样子哪里像是要逃走？而且这里不是威瑟庞塞吗？应该是他们血族的地方吧？这又要逃到哪里去?

显然迈卡维并不只是说笑而已，他一把就拉起了爱林娜，然后笑嘻嘻说：“所以，我们快点逃跑吧。”

说着迈卡维拉着爱林娜就朝门外跑去，甚至没有理会克罗蒂亚。

“等……等一下！”爱林娜奋力挣开了迈卡维的手，险些绊倒在地。

爱林娜皱着眉头看着迈卡维，目光中多了一丝警惕：“我们要去哪里？为什么要逃跑？艾伦呢？”

“这么多问题……您让我先回答哪个好呢？”迈卡维说得气定神闲，完全看不出像是要逃跑的样子。

爱林娜被气得不轻，她很无奈地看着迈卡维说：“迈卡维先生！您不解释一下吗？如果没有理由，我是不会离开这里的。”

迈卡维这才瞪着那双看上去天真无邪的眼睛，耸肩说：“别这样，格兰特小姐，请您相信我。”

“艾伦……亲王殿下去哪里了？”爱林娜算是看出了眼前这个人的狡猾，干脆挑明了问题。

爱林娜一直知道威瑟庞塞和艾伦有一种奇怪的联系，一旦发生什么，他都会很快知道，就像那次她想要偷偷逃跑一样。有些时候，爱林娜甚至认为威瑟庞塞是一座有生命的城堡。

所以爱林娜确信刚才在房间里发生的那一幕，艾伦肯定会知道。

不知道为什么，爱林娜就是相信艾伦会出现。然而，出乎她意料的是，从刚才到现在为止已经过了不少时间，艾伦却始终没有出现。这让爱林娜不禁有些奇怪和担心。

“看不出来格兰特小姐还真是关心亲王殿下啊。”

爱林娜听到这种话，脸莫名地有些发热，她有些恼怒地出声斥责：“你胡说什么……”

就在爱林娜还想要解释她为什么会关心亲王殿下的行踪时，急促的脚步声从走廊的另一端响起。紧接着，雷塞尔狂奔的身影出现在他们的视野中。

只听雷塞尔在走廊另一端气急败坏地大吼：“你们怎么还没带爱林娜离开？快点！”

爱林娜有些诧异地愣住了，她还从未见过老师露出这样惊慌的神色。难道有什么重大的事要发生？

“老师？”爱林娜高声招呼。

雷塞尔却没有理她，而是连连摇头，焦急地对迈卡维说：“迈卡维，快点，带爱林娜走！他们要攻进来了。”

“收到。”迈卡维收起了嬉笑的表情。他一把拉住爱林娜，开始在走廊里狂奔。爱林娜发现这次她怎么都挣不开迈卡维的手，只能跟着他拼命地迈开脚步逃跑。

突如其来的变故让她的心跳很快，心里满是不安。不过好在雷塞尔也跟了上来，而克罗蒂亚却失去了踪影。

爱林娜边喘边着急地问雷塞尔：“老师，到底发生了什么事？谁要攻进来了？”

雷塞尔面色凝重，沉重地说：“是卡罗泽·勒帕森亲王的人。”

爱林娜似乎听过这个人的名字，她皱了皱眉头，终于想起来她曾经在那本书里头看到过这个名字。他好像是艾伦的敌人。而且那一夜，老师好像也和那个卡罗泽的手下交过手。

不过，看老师的神情那么不好，恐怕这次比较难对付吧？可是，艾伦呢？

“老师，艾伦呢？他在哪里？”

雷塞尔这时候已经来不及多解释，只是很简单说道：“亲王会带着克里蒂亚走。该死的卡罗泽，竟然就趁着这个时候……”

艾伦会带着克罗蒂亚走？

爱林娜听到这个回答后心里忽然有些酸酸的。但是她很快就把这种怪异的情绪压在了心底。她强迫自己做出一副什么都不在意的样子——他们现在是在逃跑，不是吗？

不知道跑了多久，爱林娜终于跟着雷塞尔他们一路来到了威瑟庞塞的侧门。

然后爱林娜看到了这里的惨状：血族们正在搏斗着，有的想冲进城堡，有的则奋力阻止。爱林娜的脸色极不好，可迈卡维却还在说，这里的战况远没有威瑟庞塞城堡里的那么激烈。

而此刻威瑟庞塞里面已经是一片狼藉，到处是残垣断壁。

血族死后只会化成灰，所以现场并没有到尸横遍野的地步。只是从不少走动都已经很艰难的血族身上可以看出战斗有多激烈。更因为此刻是白天，血族一般是不可能在白天出现的。但是就像艾伦曾经说的那样，历经了千百年，血族也在进步。在阳光下行走早就不是一件困难的事。不过，阳光对于血族还是有着很大的杀伤力，特别是对那些重伤的血族。由于受伤而导致能力不足，所以此刻在阳光下惨叫着变成灰烬的血族也大有人在。

来不及去思考其他血族的状况，雷塞尔和迈卡维紧紧保护着爱林娜，三人在混战中急速穿行。一辆马车停在不起眼的角落，像是在等爱林娜他们。

爱林娜慌乱中问雷塞尔：“我们要去哪里？”

“先送你回去。亲王也在那里，会安全很多。”雷塞尔一边回答，一边扶着爱林娜让她赶快上马车。

这时，一直走在他们身侧的迈卡维却突然停住了脚步，他一下子转过了身。他的动作让雷塞尔和爱林娜的动作也停了下来，顺着迈卡维的视线看去。

不远处传来一阵拍打翅膀的声音，下一瞬间，就直接从空中跃下几个人影直接拦住了马车。雷塞尔看到来人时神色微变，迈卡维则眯起了眼睛，玩世不恭地笑着说："哎呀呀，还是追来了嘛。"

爱林娜被雷塞尔护在了身后，她有些紧张。她知道，自己被追上了。

她小心地探出头，正好看到了那些"追兵"。那几个忽然出现的血族外表都极其出色。然而，正是为首的那个金发碧眼的帅哥让爱林娜感到胆战心惊。

他浑身都散发着一股仿佛来自深渊的黑暗气息，气势压得人呼吸都困难。

他会是什么人？

"交出那个女人！"站在那个人身旁的一个血族开口说。

话音刚落，爱林娜就明显感觉到雷塞尔拉着她手臂的手紧了一下。爱林娜忍不住朝后退了一小步，后腰刚好撞在马车辕上。

雷塞尔低声安抚道："别怕。我们会保护你。"

爱林娜轻轻应了一声。

迈卡维似乎和平时没什么两样，只是笑得更灿烂了些。只听他笑嘻嘻地说："啊，真没想到，卡罗泽亲王殿下竟然会亲临威瑟庞塞。真是失礼了。"说着他装模作样地朝着那个人行了个礼。

原来那个为首的血族就是卡罗泽！与艾伦为敌的叛军首领卡罗泽亲

王！

那么，他来这里的目的也是为了自己？艾伦说的是真的？

可是，就算是这样，爱林娜还是觉得自己被这些莫名其妙的事情卷入实在有些冤枉。

艾伦说的什么觉醒之类，她都完全没有感觉，为什么偏偏是她要卷入这种事呢？她原本的人生是那么简单而轻松。

作为格兰特家族的养女，虽然也有些人看不惯她，甚至处处为难她，可是也比眼前的一切强吧？

海恩斯·艾伦！既然她都被扯进这匪夷所思的世界了，可为什么在这种时候，他却不在她身边！

爱林娜越想越气，海恩斯这个浑蛋，可别再让她看见！否则，否则绝对不会轻饶了他！让他做好人！浑蛋！他再好也不过就是个血族！

就在爱林娜咬牙切齿的时候，迈卡维已经和卡罗泽身边的几个高阶血族动起手来。

雷塞尔神情凝重地护在爱林娜身前，这时候他也不敢带着爱林娜上马车先走。因为卡罗泽亲王的意外出现，已经打乱了他和迈卡维之前定下的撤退计划。

雷塞尔和迈卡维一直是艾伦的左右手，雷塞尔一开始就被艾伦派到了爱林娜身边，而迈卡维更是艾伦的军师智将，可见这两个血族的实力不凡。

但是，就算这样，在一位血族亲王面前，他们也丝毫不敢大意。

雷塞尔完全相信，此刻若是他带着爱林娜先走，恐怕也会直面卡罗泽亲王的追击，那他根本没有胜算。所以现在他在和迈卡维发现卡罗泽亲王出现后，就已经决定他们能做的只有尽量拖延时间。

面对卡罗泽亲王所带领的叛军的突然袭击，迈卡维和雷塞尔并非完全没有准备。在艾伦亲王亲自宣布战争开始的那一刻起，他们就已经预料到会有这一天。而艾伦亲王离开威瑟庞塞，对叛军的血族而言，是一个很好的机会。他们早就做好了万全的准备。

但是，他们显然没有预料到卡罗泽亲王竟然会破坏誓约亲自率众攻击威瑟庞塞！若早知道卡罗泽亲王也会出现，即便是这次魔党来势汹汹，他们也不会带着爱林娜离开威瑟庞塞的庇护。再怎样，卡罗泽亲王也不敢破坏威瑟庞塞。

眼看着迈卡维和那几个高阶血族动手，勉强维持着平局的现状，而卡罗泽亲王却已经盯上了爱林娜，雷塞尔终于忍不住开口："卡罗泽亲王殿下，您违背誓约，对威瑟庞塞动手，难道就不怕神罚吗？"

"违背誓约？雷塞尔，你还没资格评判本王的决定。更何况，本王还没有对威瑟庞塞'亲自'动手。"

卡罗泽亲王冷笑一声，语气森然。

雷塞尔听到这种无耻的回答，不禁气得咬牙切齿。

是啊，卡罗泽亲王这么说也确实没有错。当年，卡罗泽亲王战败，曾立下过誓约，决不会对堪称血族圣地的威瑟庞塞出手。而今，卡罗泽亲王也确实没有亲手攻击威瑟庞塞……他只是让自己的手下动手而已。

对于这样的诡计，雷塞尔哑口无言。

这时候，混战中的迈卡维发出闷哼，他的背上顿时腾起了一阵血雾。经过这么长时间高强度的战斗，迈卡维虽然伤了对方不少血族，可自己也负伤了。

“迈卡维！”爱林娜从一阵混乱的思维中回过神，看到的就是迈卡维受伤的一幕，不禁惊呼。

“我没事，爱林娜小姐，不用担心，这些后辈完全不是对手。”迈卡维仍是语气轻松，在众敌人中周旋。

迈卡维的话显然让围攻他的那些血族更加愤怒了，而他所遭受的攻击也更加密集了。卡罗泽亲王在一旁冷笑：“完全不是对手吗？本王倒要看看你们能坚持到什么时候！”说着他手一挥，又有几名血族加入了战斗。

雷塞尔在旁忍了又忍，他的手紧紧握着拳，紧了又紧。可是……

爱林娜很快就注意到了雷塞尔的动作，她知道雷塞尔在担心什么，可是她也不想就这么看着迈卡维为了保护她而这样下去。虽然，她和迈卡维在平日的交集并不多，话也没说过几句，但她也知道这个始终带着轻松笑容的男人是艾伦相当器重的手下，可他现在就这么鲜血淋漓地在她面前为她战斗，爱林娜觉得自己再也看不下去了。

“老师，雷塞尔老师！你快去帮他啊！”爱林娜焦急地推了推雷塞尔。

雷塞尔看了一眼爱林娜，脚下动了动，却还是没有离开爱林娜身边。

“雷塞尔老师，你还在等什么！”

就在这个时候，迈卡维又被刺中了，鲜血顿时从那深深的伤口中喷涌而出。看到这一幕，爱林娜不禁催促着雷塞尔。

雷塞尔看见了迈卡维的情况，但他还是艰涩说：“爱林娜，亲王殿下的命令是我们必须要保护你。这种时候，我不能离开你身边。”

在战圈中的迈卡维大声说：“雷塞尔，保护好她！我……没事。”

爱林娜急了，忍不住朝着他那边大喊：“什么没事，你都受伤了！雷塞尔，你快去帮他！我不会有事的！”

雷塞尔沉默以对，爱林娜又催了几声之后，得到的是同样的答案——他们要保护她。所以无论发生什么事，雷塞尔都不可能在这个时候离开爱林娜。

爱林娜咬着牙，被逼无奈之下，竟朝着卡罗泽亲王大吼：“你真不要脸，以多欺少！”

卡罗泽亲王凌厉的目光落到了爱林娜身上，他已经注视了她好一会儿。雷塞尔全身紧绷地看着卡罗泽亲王，爱林娜也因为他的眼神而全身战栗，颤抖着声音问：“你……你想干什么！告诉你，你别想抓到我。”

出乎意料的是，卡罗泽亲王忽然大笑起来，他喘着气说：“你果然是她的女儿。脾气和性格都很像呢，一样倔犟。”

爱林娜愣了一下。

难道这个人也认识她的母亲？不过，没等爱林娜多想，卡罗泽亲王身边突然又多了一个血族。

看到那个熟悉的身影，爱林娜的神经都绷紧了，那是……学校的老师何塞·吉尔米瑟。只见他在卡罗泽亲王的耳旁低声说了几句之后，卡罗泽亲王的神情一变，就朝着何塞挥了挥手。

下一瞬，没等爱林娜回过神，何塞就朝着雷塞尔袭来。雷塞尔的手上顿时弹出了利爪和何塞打了起来。只是，雷塞尔就算在打斗的时候，还是一手拉住了爱林娜，将她护在身后。

何塞说："雷塞尔，你这样可赢不了我。"

雷塞尔冷哼一声回应："不用你多操心。我不会放开爱林娜的。"

"哦？那如果这样呢？"说话的人是卡罗泽亲王。

他的话音刚落，雷塞尔就觉得自己身后袭来了一阵巨大的冲击力，目标显然是爱林娜。迈卡维朝着雷塞尔的方向看了一眼后，大声道："雷塞尔，小心！"

雷塞尔此刻惊慌回头，看到卡罗泽亲王竟袭向了爱林娜，爱林娜骇然地愣在了当场，完全不知道该如何闪避。

"爱林娜！"雷塞尔大惊。

爱林娜的惊叫声中夹杂着卡罗泽亲王的狞笑："别想逃。"

眼看着卡罗泽亲王的手已经要抓住爱林娜的手臂。

就在千钧一发的时候，爱林娜胸前突然闪出一道耀眼的白光。白光将爱林娜整个围绕在内。而卡罗泽亲王的手刚巧碰上那道白光。卡罗泽亲王发出了一声凄厉的惨叫，然后整个人像是被重重撞到了似的飞出好远。

这个变故让所有在打斗中的血族都顿时停下了手。

何塞及其同伙顿时放弃了攻击，齐齐跑向卡罗泽亲王，同时大喊：

“亲王殿下！您怎么了？”

而雷塞尔和迈卡维也因为暂时脱离了战圈而跑向了爱林娜。

“爱林娜，你没事吧？”雷塞尔和迈卡维一样，都不清楚究竟发生了什么。

爱林娜没有回答他们，事实上，她这时候很慌乱，根本不知道出了什么事。而刚才发出惨叫的卡罗泽亲王这会儿已经站了起来，一手紧紧握着另一手的指尖，面目狰狞。他难以置信地大吼：“他竟然把‘暮光之心’给了你！”

爱林娜并没有理会卡罗泽，她慌乱地站起来，身上的白光渐渐散去。雷塞尔和迈卡维这才再度站到了爱林娜身边，雷塞尔显得更加焦急了：“爱林娜？”

“我……我没事。老师，迈卡维，你们……”爱林娜看着因受了重伤而显得极狼狈的两个血族，眼圈泛红。

他们，都是为了保护她才受伤的。

“女人，回答我！为什么你会有‘暮光之心’！”卡罗泽亲王死死盯着爱林娜，步步紧逼。

爱林娜本能地向后退去。

“我不明白你在说什么！”

又是“暮光之心”，今天已经是第二次有人质问她为什么会有这块宝石了！

“暮光之心”究竟有什么秘密？

那个浑蛋艾伦，把这宝石丢给了她却什么都不说明。爱林娜在心底拼命地诅咒着那个该死的白痴血族。

“是本王给她的。卡罗泽，你有问题吗？”一个极冷漠的声音突然在众人耳旁响起。

爱林娜颤抖了一下，然后她无比欣喜地朝着发声的方向看去，同时大声喊出了声音主人的名字：“艾伦！”

第九章 CHAPTER 09

血之后裔

THE OFFSPRING OF THE TWILIGHT

爱林娜的话音刚落，她的身边就出现了一个人影，这个人以迅雷不及掩耳之势搂住爱林娜的腰际退出了战圈。

这突然出现的人物显然让在场的血族们神情迥异。雷塞尔和迈卡维均露出一副松了一口气的模样，迈卡维一下子无力地靠在了雷塞尔身上，大口喘气，说："殿下，您再不出现，可真要命了。"

雷塞尔小心地扶着迈卡维，激动地说："亲王殿下，您回来了！"

揽着爱林娜的艾伦扫了一眼他两个伤痕累累的属下，冷冷地开口："若再不到，我是不是要替你们两个准备复活仪式？"

雷塞尔和迈卡维听出了艾伦话语中的深意，不由得干笑了两声。

果然，他们想送爱林娜回那个世界的心思还是瞒不过亲王的。不过这次是真的很冒险，谁都不会想到卡罗泽会自毁誓约。

"别怕。有我在。"艾伦没有理会脸色变幻莫测的两个人，他轻轻地对脸色苍白的爱林娜说，声音里有他自己也没有察觉的一丝温柔。

怀抱中的身躯微微颤抖着，是在害怕吗？艾伦有些后悔，他明明可以把爱林娜带在身边。可他却没有这么做。因为他知道那个世界对爱林娜的重要性，她想回去。

可是……

他把爱林娜留在了威瑟庞塞，他不愿去想如果爱林娜回到那个世界后，会不会再回来……

爱林娜靠在熟悉的怀抱中，一手紧紧抓着艾伦的腰，慌乱的心总算平静下来。她贪婪地感受着这微冷的身躯带给她的安心感觉。

怎么会这样？

从什么时候开始，这个男人竟会给她这样的感觉？

为什么在这种时候，只有看到他出现的那一刹那，她才觉得自己真的安全了？

为什么她会这么眷恋他的怀抱？

仅仅是因为他的那句话吗？只要有他在……爱林娜迷惑了，对于这样的自己，她第一次弄不明白了。

不过，两人之间的柔和气氛显然无法阻止此刻又惊又怒的卡罗泽亲王殿下。

他不明白，失踪了那么多年的“暮光之心”，他花费了无数精力寻找的“暮光之心”为什么会突然出现在这里。甚至已经被艾伦下了禁制结界，还戴在了那个女人身上！

“为什么！你会有‘暮光之心’！”卡罗泽厉声质问。

面对卡罗泽的质问，艾伦显得很平静，他只是淡淡地说了一句：“‘暮光之心’从来就没有从本王的手中离开过。你应该很清楚谁是它的主人。”

艾伦的话让卡罗泽一时气结，哑口无言。

不过，艾伦显然没准备这么轻易放过卡罗泽，他继续说：“卡罗泽，今天你蓄意破坏誓约，那今后可就不要怨本王了。”

卡罗泽亲王不愧为血族中唯一能与艾伦匹敌的叛军头领，经过这一阵的惊恐之后，总算冷静下来，他朝着何塞使了个眼色，然后微笑着说：“艾伦，刚才本王就说过，本王可没有违背誓约‘亲手’袭击威瑟庞塞。不过，艾伦，你带着这个女人，真的好吗？”

艾伦平静地看着卡罗泽，说：“这还用不着你卡罗泽来评判。”

卡罗泽闻言大笑：“艾伦，我只是希望你不要因为一个女人而犯了和她父亲一样的错。她是那个人的女儿吧？本王可没有说错。”

“你管得太多了。卡罗泽。”艾伦语的气仍是那样冷漠。

“真的？呵呵，你都把‘暮光之心’给了她。艾伦，可别怪本王没有提醒你。她是那个人的女儿，她也继承了……”

“卡罗泽，你的话太多了！”

艾伦打断了卡罗泽的话，同时，手不由自主地用力，拥抱住了爱林娜。

“不要逼本王在这里动手杀了你。”他的语气比之前更加森然了。

卡罗泽眼里闪过一丝狠毒。

“艾伦，不要以为本王不敢动你。”

他的话音落下，何塞不知什么时候已经带着一大群血族围了上来。

爱林娜一直因为艾伦和卡罗泽两人之间哑谜一般的对话而倍感困惑，但此刻又看到那么多不怀好意的血族，她不由得忘记了那些疑问，再度紧张起来。她有些担忧地抬头看着艾伦，发现他仍是面无表情，就好像完全没有看到那些血族一样。

他冷冷地说："卡罗泽，你是想和本王动手吗？"

"为什么不呢？你应该是一个人回到这里的吧？从那个世界！能这么快赶回来，真不愧是艾伦亲王殿下。只不过，穿梭空间可没那么轻松吧？而且你的手下恐怕也没那么快回来。强弩之末……本王说错了吗？"

卡罗泽的话让站在艾伦身侧的雷塞尔和迈卡维都微微变了脸色，一开始他们在看到艾伦到来的时候，都松了一口气。可是现在听卡罗泽这么一说，情况似乎又不太对。难道亲王殿下真的像卡罗泽说的那样吗？

两个高阶血族、艾伦亲王的心腹，几乎忍不住同时想要向前跨一步挡在艾伦身前。只是他们还没来得及动，艾伦已经拦在了他们前面。

艾伦就这么冷冷地看着卡罗泽，也不说话，揽着爱林娜的手也没有动，全身散发着毋庸置疑的威严，就好像在嘲讽卡罗泽亲王所说的话。

对视了好一会儿后，卡罗泽亲王的神色微变，他厉声尖叫："艾伦，不要以为本王会上当！"

艾伦仍是什么话都不说，但是他脸上的微笑却透露出了些许的嘲讽。

卡罗泽握紧了拳，眼睛变得通红。

气氛像是绷紧的一根弦，轻碰一下就会断。

爱林娜紧紧抓着艾伦的侧腰，手心已经微微汗湿。如果那个卡罗泽亲王说的是真的，那么艾伦不就危险了吗？他只有一个人，雷塞尔和迈卡维又身受重伤。可对方却有那么多血族，还有卡罗泽这个同样拥有亲王头衔的家伙。

爱林娜望着艾伦，眼神里有着无法言说的焦急和担心。似乎察觉到了爱林娜的眼神，艾伦低头，对上了爱林娜的眼神。就在那一瞬间，艾伦似乎微微笑了一下，眼睛里的平静和温柔仿佛在告诉爱林娜让她不要害怕。

而就是这么一眼，让爱林娜似乎真的不怕了。她就像是深深陷在艾伦那冰蓝色的眼中，忘却了身边的一切。

爱林娜和艾伦的互动被卡罗泽看在了眼里，他不禁疑惑，难道艾伦真的不怕吗？他得到的消息是，艾伦今天会离开威瑟庞塞去那个世界！所以，他才会乘机发动攻击。想要得到那个拥有血脉的女人，在她还没有觉醒的时候。

可是，让卡罗泽同样没有料到的是，艾伦竟然在他快要成功的那一瞬间出现了！怎么会这样？他不是去了那个世界吗？一天之内往返于那个世界并非不可能，但是消耗的力量却是惊人的。毕竟，那是需要破开空间的。所以，艾伦现在应该是强弩之末，不会有错。

可是……为什么他看上去却显得那么镇定？

“卡罗泽，怎么？还不动手吗？”

打断卡罗泽亲王思绪的是艾伦。

“如果你不动手，那么就由我来，如何？”紧接着，卡罗泽又听艾伦极温柔地对怀里的爱林娜说了一句，“别看。”

卡罗泽的神色顿时一变，他看见艾伦身上突然散发出一股极强的力量。

那是……

卡罗泽顿时想都没有想地就瞬间后撤。

其他的血族甚至还来不及反应，就像是被某种看不见的锁链扣紧了喉咙一样，他们开始奋力挣扎，但是根本没用。接着，他们的神情变得无比痛苦，却一点声音都发不出，随后，他们倒在了地上，像是缺了水的鱼一样挣扎起来。

令人恐惧的是，这一切完全没有声音。

唯一逃出的只有卡罗泽和何塞。何塞和雷塞尔、迈卡维一样，是卡罗泽手下仅存的几位拥有强大实力的高阶血族，深受卡罗泽的信任，可现在他的表情完全可以用恐惧来形容。至于卡罗泽，他看着眼前这一幕，神情无比狰狞。而“罪魁祸首”艾伦则气定神闲站在那里，就好像这一切根本与他无关。

“你根本没有去那个世界！”卡罗泽嘶哑着声音，尖叫起来。

艾伦直到此刻才露出了真正的微笑，随着他的笑，他面前挣扎不休的血族们同时停顿，一瞬间毫无声息地化成了粉末，无一例外。

艾伦冷淡地回应了卡罗泽：“是吗？没想到你对本王的行踪这么关心。”

“该死！”卡罗泽怒吼着，愤怒地看着艾伦却不敢再上前。

而就在这个时候，远处又传来一个声音：“海恩斯！”

这一次出现的是克罗蒂亚！在她身后，则跟着众多的血族。

卡罗泽一看到这样的情景，表情沮丧。他狠狠地丢下一句：“艾伦，我不会放过你的。”就和何塞瞬间化成了蝙蝠飞向远方。

卡罗泽亲王和他的手下瞬间退去，留在原地的血族们也放松下来。

爱林娜终于松了一口气，看着艾伦，不过很快，她就发现自己似乎还在他的怀里。爱林娜急忙推了艾伦一下：“快放开我。”

按照惯例，艾伦应该不会就这么轻易地放开她，所以爱林娜稍稍用上了点力气挣扎。但是爱林娜没想到，艾伦竟然就这么放开了她。

她险些因为他的动作而摔倒，不由自主地对着艾伦气恼地嚷道：“艾伦，你干什么……”

爱林娜的话还没说完，艾伦朝她倒了过来。

这突然发生的一幕，让所有在场的血族都吓了一跳。爱林娜本能地扶住了艾伦，惊恐地连声呼唤：“艾伦？你……你怎么了？”

“滚开！你这个女人！”一声厉喝自爱林娜身旁响起，一瞬间，爱林娜被重重地推开了。而将艾伦扶住靠在怀里的，成了克罗蒂亚。

“克罗蒂亚……”爱林娜有些发愣地看着神情凶悍的克罗蒂亚。

克罗蒂亚血红着眼睛，对爱林娜怒吼：“都是因为你！如果没有你，没有那个人，海恩斯怎么可能受伤！你给我滚远一点！什么血脉的继承人，什么命运选中的人……你简直就是祸害！没有你……如果没有你……海恩斯根本就不需要你！你只会拖累他！”

“克……克罗蒂亚……”爱林娜慌乱地朝后退了两步，她可以明白克罗蒂亚对她有多痛恨，甚至可以明白克罗蒂亚话语里的每个字，可是她却无法理解那些话的意思。

什么血脉的继承人？

什么选中？

是艾伦不顾她的意愿将她带到了这里！根本不是她愿意的！根本不是……可拖累是什么？爱林娜从不觉得有什么可以阻止那个男人的心。

爱林娜陷入了一瞬的混乱，她不知道自己究竟在想什么，又在疼什么。

“海恩斯，海恩斯！你怎么样？”克罗蒂亚没有理会爱林娜，只是一脸焦急地看着艾伦。而一旁的血族们似乎也回过神，此刻都围了上来，纷纷询问：“亲王殿下？亲王殿下！您没事吧？”

雷塞尔看着艾伦似乎强忍着眩晕一般靠在克罗蒂亚身旁，担忧地喃喃自语：“果然，穿越空间消耗太大了！还有那一招……”

迈卡维神色凝重，但是他的目光最终却落在了爱林娜身上，想说什么却还是没说出口。最后，他仍是对着艾伦苦笑着说：“亲王殿下，撑得住吗？先回威瑟庞塞吧？”

爱林娜愣愣地看着这一切，她真的想问艾伦究竟怎么了，受伤了吗？还是因为要救她？

可是……艾伦被他的血族亲信们包围着，爱林娜根本没法走进去。

爱林娜呆呆地站在原地看着眼前的一切，胸口仿佛压着一块沉重的石头。她从来没有觉得自己跟艾伦之间是那样遥远……远得像是两个世界的人。

“送……她回房间。”艾伦从克罗蒂亚的怀里挣扎着站起来，他首先想到的还是爱林娜。他眩晕的时间其实并不长，只是血族们太过担心，显得有点度秒如年。

“艾伦，你好点了吗？”

克罗蒂亚对于艾伦一睁眼就看着爱林娜显然很不高兴，但这时候她更担心的是艾伦的状况。

艾伦朝着周围的几名血族点了点头，声音异常沙哑：“本王没事。先回威瑟庞塞。”

爱林娜被雷塞尔拉着，回到城堡后，就往她的房间走。

爱林娜的注意力全部在艾伦身上，她不住地看向艾伦，想问他觉得好点没有，但是艾伦身边的克罗蒂亚却不时用憎恶的眼神看着她，让爱林娜只能咬着牙保持沉默。

更加让爱林娜感到难过的是，在威瑟庞塞的走廊岔道上，由好几个血族搀扶着的艾伦突然转头对爱林娜说：“我没事。你好好休息。”

说完，他头也不回地消失了。

爱林娜愣了好一会儿才回过神。她木然地跟着沉默的雷塞尔，回到了自己的房间。

拒绝了老师担忧的询问，她在进入房间后关上了门，然后颓然地倒在了床上。

怎么会这样？为什么她会这么在乎艾伦那个浑蛋呢？可是，他到底怎样了……

在房间里辗转反侧了很久，爱林娜懊恼地抓着头发，翻了一个身。

可恶，完全没法睡着……

今天发生的事情，还有艾伦那显得有些虚弱的样子，不停地出现在爱林娜的脑海里。爱林娜没法否认自己是在担心艾伦，虽然她很想忽略这种情绪。因为爱林娜没法理解或完全不想去想她什么时候会这么担心一个血族了，更何况就是因为这个血族她才会陷入现在这样尴尬的境地。

可是，艾伦的影子始终反复出现着。

终于，爱林娜再也躺不住了。她一下子坐了起来。

无论怎样，今天是艾伦救了她！虽然，如果不是他的话，她也不会这样……但是……爱林娜重新整理好了衣服，一咬牙推开了房门。

威瑟庞塞的走廊永远都是一个模样。爱林娜并不知道艾伦会在哪里，而且如果还是像上次一样在这样的走廊里漫无目的地乱走的话，恐怕还是逃不开迷路的结果。

但是，已经在威瑟庞塞住了这么久的爱林娜，隐约知道一点——威瑟庞塞并不是一座普通的城堡，它是活的！

爱林娜深吸一口气，一手按在走廊冰冷的墙壁上，然后开始默默念着艾伦的名字。她不知道这样会不会成功，城堡会不会真的就把她带到艾伦所在的地方，可是她现在已经没有别的办法了。

强烈想要见到他的念头，让爱林娜的动作远远快过思维。

令人惊奇的是，当爱林娜的手碰到墙体的时候，威瑟庞塞的走廊竟开始慢慢地改变了，似乎有什么东西正感应着爱林娜的思绪，原先只有一条通道的走廊上忽然出现了另一道门。爱林娜惊讶地看着这一切，心里抑制不住兴奋，果然是这样的！

爱林娜毫不犹豫地推开那扇门，一条未知的走廊出现，而它的尽头有一道虚掩着的门，正发出淡淡的亮光。

艾伦就在那里吗？爱林娜疾步走了过去，可就在她要推门而入的时候，门突然打开了。克罗蒂亚的身影出现在爱林娜面前，而克罗蒂亚非常惊讶在这个地方见到爱林娜。

“你……怎么会在这里！”克罗蒂亚一声惊呼，神情惊疑不定，但好像又在刻意压抑什么，所以除了第一个“你”字之外，后面的话显然都刻意压低了。

而后，她不由分说地推着爱林娜向后走了几步，然后小心地关上门。

爱林娜被克罗蒂亚推开，不得不靠上了墙，看着克罗蒂亚明显不悦的神情，她小心地开口解释起来：“我是来找艾伦的，他在……”

啪——

没等爱林娜说完，克罗蒂亚已经重重一巴掌打在爱林娜的脸上，爱林娜没来得及躲。她震惊地捂着自己的脸，惊怒地看着克罗蒂亚。

“卑贱的人类！你凭什么来这里。”克罗蒂亚咬牙切齿地说。

爱林娜捂着火辣辣的脸颊，丝毫不惧地怒视着克罗蒂亚：“为什么不可以？”

不得不说，爱林娜和克罗蒂亚从见面的第一眼开始，相互之间就有种莫名的敌意，后来又陆陆续续发生了一些事情，让两人的关系更加恶化了。

克罗蒂亚的神色一僵，显然，她并没有办法给爱林娜一个有说服力的解释。

“亲王在休息，他不想见你。”过了好一会儿，克罗蒂亚才深吸一口气，然后抬着头高傲地看着爱林娜说。

爱林娜冷冷一笑，说：“艾伦是在休息，那你又怎么知道他不愿见我？”

克罗蒂亚强忍住怒火，满脸不屑地说：“你不过是人类，就算你拥有血统又如何？没有觉醒之前，你什么都不是，不要高看你自己。这里不是你可以来的地方。亲王也不会见你。你走吧！”

“艾伦愿不愿见我是他的事情。你口口声声说我有什么血统还没觉醒，可这些与你有关吗？克罗蒂亚小姐，你是不是管太多了？”

“你！”果然，克罗蒂亚气得獠牙都伸了出来，她死死地瞪着爱林娜，似乎想要把她直接撕碎。

“让开！”爱林娜没有畏惧地朝前走了两步，然后停住了——克罗蒂亚的手爪抵在了她的身上。

克罗蒂亚的神情很难形容，她瞪着爱林娜的目光，就像是看到了什么脏东西：“我不会让你进去的。你身上的血对海恩斯太危险了。”

已经不是第一次有人在爱林娜面前提起“血”的事情了。

爱林娜皱起眉头，深深地看了克罗蒂亚一眼：“你什么意思？”

克罗蒂亚高深莫测地看着爱林娜，在犹豫了片刻之后，她咬牙切齿地说：“你的存在已经威胁到了海恩斯的安全。我不会让你再靠近他。虽然你身上有着该隐的血脉，但我绝对不会让一个亲手害死自己母亲的人接近海恩斯！”

“你……你到底在说什么？”爱林娜惊疑不定地看着克罗蒂亚，她的话让爱林娜有一种很不好的感觉。她到底是什么意思？

该隐的血脉？

害死母亲？

她在说谁？

克罗蒂亚看着神色大变的爱林娜，仿佛舒了一口气似的，她冷冷地嘲讽道：“你以为你为什么会在这里？如果你不是该隐的后裔，海恩斯会让你留在威瑟庞塞吗？像你这样的……”克罗蒂亚虽然没有说下去，但是她的眼神已经说明了一切。

然而，爱林娜此刻根本没有听到克罗蒂亚之后所说的，她的情绪很混乱，她控制不住地大声追问克罗蒂亚：“你到底在说什么？害死母亲？你在说谁？”

“说谁？呵呵！还会有其他人吗？”克罗蒂亚冷笑着答道。

爱林娜再也忍不住了，她冲了上去一把抓住克罗蒂亚，大声地喊道：“你说清楚！到底是怎么回事？”

就在克罗蒂亚准备说什么的时候，一个熟悉却冷峻的声音响起：“克罗蒂亚，你们在闹什么？”

这正是艾伦的声音。

克罗蒂亚愣了一下，眼神中闪过了一丝慌乱，但很快又恢复平静，她转过头，对着门口的艾伦说：“没什么，只是在和格兰特小姐闲聊两句。”

“只是闲聊吗？”艾伦的声音冰冷。

克罗蒂亚笑得有些不自然，她看了一眼仍抓着她手臂的爱林娜，干巴巴地说：“是……是闲聊……海恩斯，你还需要休息，我……我们就不打扰了。”

说着，克罗蒂亚想要拉着爱林娜离开，但是没想到，爱林娜却根本没有动。

爱林娜这时候完全忽略了艾伦，她抓住克罗蒂亚的手几乎用尽了全力，她颤声问道：“你说清楚！我的母亲到底发生了什么？克罗蒂亚！”

克罗蒂亚的神色猛变，她小心翼翼地看了一眼艾伦，然后才不耐烦地说：“谁知道！我怎么可能知道你母亲的事！放手！”克罗蒂亚猛地挣开了爱林娜。

爱林娜的身体摇晃了一下，差点跌倒在地。

艾伦一下子扶住了爱林娜，瞪了一眼克罗地亚，然后发出了冰冷的警告：“克罗蒂亚，注意你的言行！忘记我说过什么了吗？”

他在瞬间散发出了惊人的气势，克罗蒂亚骇然地低下头，以一种臣服的姿态表示她的恭敬。

“亲王，请恕罪。我并不是故意要冒犯。只是，因为您身体欠安，所以才阻止了爱林娜小姐打扰您……”

“我说过不见她吗？够了，克罗蒂亚，不要再狡辩了，你退下吧。”

克罗蒂亚应了声“是”后，怨恨地看了一眼爱林娜才离开。

而此刻的爱林娜却神情恍惚，根本没有注意到克罗蒂亚的离开，她不停地颤抖着，想着克罗蒂亚的话，如果，如果真的是那样……

“爱林娜？爱林娜！你怎么了？回答我。”艾伦的声音在她的耳边响起。

爱林娜一阵恍惚，如果连克罗蒂亚都知道，那么……那么艾伦一定也清楚那时候究竟发生了什么。

爱林娜不由得一把拉住了艾伦的手，眼里充满着期盼说：“海恩斯，你知道我母亲的事，是不是？你知道我母亲是谁！她在哪里，是不是……”

一向表情冷淡的艾伦破天荒地有些慌乱，他本能地避开爱林娜的眼神，然后硬邦邦地说：“不，我不知道你在说什么……”

爱林娜不依不饶地看着艾伦，眼睛里已经开始闪动泪光：“你在说谎。你知道我在说什么。为什么要瞒着我？克罗蒂亚为什么不能说？海恩斯！你告诉我。我的母亲……我的母亲究竟在哪里？她，她是谁？”

艾伦沉默着，这件事就应该被历史淹没，而没有人愿意再去提起。

爱林娜见状急忙说：“艾伦，告诉我……我是多么想知道自己的母亲是谁……我要问她，我要问她为什么离开我！艾伦，你为什么要瞒着我？”

“公爵夫人就是你的母亲！”面对爱林娜几乎泣不成声的质问，艾伦只能这样说。

“不！”爱林娜大声地否认，“她根本不是我的母亲！她也从来都没有把我的当成她的女儿！她恨我！我知道！她恨我！因为父亲……父亲看着我的眼神就像是透过我看着别人。我看得出来。艾伦，这一切，是不是因为我的母亲？是不是她？”

“爱林娜，你……冷静点。”艾伦面对情绪激动的爱林娜不知该如何是好。

爱林娜咬着牙，看着艾伦，眼眶发红：“艾伦，我以为你是不同的！我真的这么认为。可我……看错你了！”

说完，爱林娜转身就朝着走廊的另一端跑去。

艾伦急了，一个瞬移就到了爱林娜的前面。他不顾爱林娜的挣扎，一把抓住了她，然后紧紧地拥抱住她：“爱林娜，你要干什么？你要去哪儿？”

爱林娜抬起头看着艾伦，眼里全是决绝，她说：“如果你不告诉我，我就去问别人。总会有人知道！我的老师……甚至……甚至这座城堡！它是有意识的！是不是？既然这样，那它一定也知道什么。我一定要找到我母亲，我一定要弄清楚当年究竟发生了什么。”

“爱林娜！”艾伦彻底无计可施了。他第一次意识到怀里的这个女人虽然看上去柔弱而楚楚可怜，但她的个性却是无比坚韧。就和那个人一样……

爱林娜趁着艾伦发愣的时候，推开了他，然后将手按在了城堡的墙上。城堡在瞬间颤动了起来。

艾伦一惊，急忙拉过爱林娜，大声喝止：“爱林娜，住手！你不能这样做！”

“为什么！”当城堡颤动的时候，爱林娜感觉到了一股强烈的意念正在回应着她。

城堡果然知道她的母亲在哪里。

艾伦忽然深深地叹了一口气，他悲伤地看着爱林娜：“你的能力还不够打开空间之门，所以城堡才会震动。再这么下去，你会有危险。”

爱林娜一手紧紧抓着艾伦的外衣，几乎哭出来：“那该怎么办？无论怎样，我都要……都要见到我母亲！”

艾伦又叹了一口气：“好吧。你抓紧我。”

爱林娜愣了一下，瞬间又反应过来，顿时又惊又喜：“艾伦，你要带我去？”

艾伦微微点头，道：“抓紧我，不要松开手。还有……如果你见到……见到她……不要多说什么……答应我。”

爱林娜又愣一下，问：“为什么？”

艾伦面对爱林娜的问题完全无法回答，他最终只能叹一口气，用前所未有的温柔声音说道：“爱林娜，或许，说出来你会伤心，但是你的母亲……未必会愿意见到你……”

爱林娜顿时沉默了，她抓着艾伦的手不自觉地用力。一句“为什么”卡在喉咙里，怎么都问不出口。

艾伦无奈地问着：“爱林娜，你考虑一下。就算是这样，你也要去吗？”

好一会儿后，爱林娜抬起头，目光中有着连艾伦都心惊的坚定，她道："我要去，我要见我的母亲。艾伦，请你带我去。"

艾伦不由自主地伸出手，轻轻抚摸着爱林娜的脸颊，然后他出人意料地低头在她的额头上印下一吻。他抱紧了爱林娜，尽管她此刻是那么惊讶。

"你放心。不会有事的。我保证。闭上眼睛。"说完，艾伦伸手一挥，他和爱林娜已经在原地消失了。

爱林娜觉得自己就像是穿过了一个由飓风组成的门。虽然她被艾伦紧紧地搂在怀里，但是她仍能感觉到身边那强劲而过的飓风的呼啸声。

爱林娜不免有些后怕，如果刚才真的是她自己来的话，估计这时候都不知道要被风吹到哪里去了。

不知道过了多久，在爱林娜几乎以为自己会这样窒息过去的时候，风一下子停止了。

艾伦放开了爱林娜，小心地扶她站稳："睁开眼睛吧。"

爱林娜睁开了眼睛，眼前的景色让她深深地吃了一惊。

她到过这里。她曾经在梦里，如此清晰地见过这一切——荒芜的沙漠，带着血色的月，还有那干枯的树枝……

爱林娜震惊地看着四周的一切，脱口而出："为……为什么会是这里？为什么？"

她骇然看向艾伦，就是在这里，她曾经目睹过的那一幕。

这时候，艾伦的呼吸微微有些急促，但是他苍白的脸色却看不出任何的端倪。爱林娜在那种心情下，也没有发现艾伦的异样。想想也是，刚经历过那样一场战斗，现在又带着爱林娜穿越空间之门，艾伦自己都觉得他疯了。

可是在爱林娜那种祈求的目光注视下，艾伦发现自己根本无法拒绝。一抹苦笑不由得自艾伦的嘴角溢出，自从见到这个女孩，他发现自己很多的原则在无意中已经被改变了，或者说，他的底线已经不由自主地一退再退。

在过去那么久的血族生涯中，他却从没意识到自己竟然会对一个人类有这样的忍耐限度，现在甚至还带着她来到了这里。

然而，爱林娜的反应让他有些惊讶，他忍不住诧异地问："爱林娜，你说什么，你来过这里？"

爱林娜慌乱地四下看着，然后喃喃地说："不，我不确定我是不是真的来过这里。但是……但是我有记忆。我似乎曾经梦见过……是的，我梦见过一个女人就在这里，而你……对，还有你，就站在那个地方。"爱林娜用手指着，惊疑不定地说着。

艾伦心中更为吃惊，因为爱林娜说的没有错。可是爱林娜为什么还会有那时候的记忆？这不可能！爱林娜当时并没有在这个地方。

唯一的解释……她的血脉……她身体里该隐的血脉正在觉醒吗？

艾伦突然之间猛地握紧了拳。

爱林娜丝毫不知道艾伦在想什么，她只是不停地呢喃着她梦中的情景。这让艾伦更为担心，但现在也不是在这种地方待下去的时候。艾伦决定把爱林娜觉醒的事先放一边，像是爱林娜这样的神血后裔虽然会觉醒，但是如果没有仪式，一切都还难说。

现在先要解决的是……

艾伦打断了爱林娜："爱林娜，你冷静一点。就算你真的见过这里，也不能代表任何事。你不是要见你的母亲吗？跟我来吧。"

说着艾伦带着爱林娜朝着荒芜沙漠的另一个方向走去。

走了一会儿之后，爱林娜虽然眼前荒芜一片，但她却明显感觉被什么挡住了。爱林娜不由得看向艾伦。

艾伦朝着她点点头，说："你退后一点，这是结界。"

爱林娜立刻向后退了几步，就见艾伦的手在虚空中不断作出手势，并点在一些明明没有任何东西，却又像是真的有什么在那里的地方。

紧接着，似乎就传来了一声微微的震动。爱林娜眼前顿时一亮，一座几乎和威瑟庞塞一模一样的城堡出现了。

爱林娜惊讶地看着眼前，难以置信地问道："威瑟庞塞？"

艾伦略喘了几口气，才摇头，道："不是。是威尔敏思。"

直到这时候，爱林娜才发现艾伦的神情似乎已经非常疲倦，她这才想起来艾伦似乎是受了伤的！

爱林娜一惊，立刻走上前扶住艾伦，不由自主地说："海恩斯！你还好吗？是不是很累？对不起！都是因为我……"爱林娜这才意识到艾伦肯定又是用力过度了，之前他才经历过那样一场战斗……自责和担心几乎在瞬间涌上了爱林娜的心头。

艾伦这会儿倒是显得若无其事，除了神情有点倦意之外，其他看上去都还好。他轻拍了一下爱林娜的手背，说：“不用担心。”

就连他自己都没察觉，他的举动中带着股说不出的宠溺。

这么简单的一个动作，就让爱林娜突然之间心跳加速。她不由得看着这个高贵的血族亲王，他眼神深邃，鼻梁挺直，紧抿着嘴唇，还有那坚毅的下巴……艾伦竟然是这么有魅力的人吗？

爱林娜的脸在瞬间有点发烧。

没有注意到爱林娜的异样，艾伦拉着爱林娜的手，开始朝着威尔敏思走去。

巨大的城堡铁门渐渐地近了，一个爱林娜从未见过的繁密复杂纹章标志浮现在铁门的最高处，无形中透出一股肃杀和血腥的感觉。

爱林娜不由自主地朝着艾伦靠了过去，仿佛他的身边才是最安全的。艾伦感受到爱林娜的恐惧，伸手再度轻轻握住爱林娜的手。十指交缠，竟让爱林娜涌起一股莫名的安全感。

“别怕。”艾伦低沉的声音在爱林娜耳旁响起。

爱林娜微微点了点头，站直了身体，挺起脊背。

艾伦眼里闪过一抹赞许，才缓缓地说：“这个纹章属于该隐。”

爱林娜微微惊呼：“该隐？那个背叛了血族的神？”

艾伦淡淡道：“他只是被记恨的牺牲者而已。”

爱林娜沉默了，她觉得她不该在一个血族面前议论他们的王者。

艾伦倒是有些惊奇于爱林娜的表现，这种时候，她难道不是应该要反驳或者又说一通她的理由和认知吗？

爱林娜注意到艾伦奇怪的视线，不由得脸一红："你看我干什么。你们的大神，我又不清楚。"

艾伦瞬间笑了，他明白了爱林娜的意思。真是个有趣而聪明的女孩，似乎还很善解人意——除了太过倔强之外。

爱林娜侧过头，不再去看艾伦，可握着他的手却更用力了。

艾伦不再耽搁时间，高声对着那道铁门喊话："威尔敏思，血族亲王海恩斯·艾伦·梵卓，求见那位大人。"

出人意料地，威尔敏思城堡的铁门上竟然浮现出了一张巨大的人脸。这情形几乎吓了爱林娜一跳。而那巨大人脸在看了一眼艾伦之后，竟然冷冷地开口说话了："梵卓亲王，那位大人说过不再见任何血族。"

艾伦看了一眼身边的爱林娜，对着那巨大人脸说："威尔敏思，请你转告那位大人，要见她的是一名人类……那个人类。"

巨大人脸又看向了爱林娜，并没有说话，就渐渐在铁门上消失了。

爱林娜紧张地握紧了艾伦的手，小声说："你说的那个大人就我母亲吗？她……会见我吗？"

艾伦回握住爱林娜的手，说："不用担心，我想她一定会见你。但是，之后会怎样我真的不知道。"

爱林娜迟疑地点点头。

而就在这个时候，威尔敏思的巨脸再度出现。

“进来吧。”

艾伦朝着爱林娜微微一笑，然后带着身体有些发僵、紧张的爱林娜走进了巨脸上张开的大口中。

威尔敏思城堡和威瑟庞塞一样，都是那种古典而又庄严的城堡。只是威尔敏思和威瑟庞塞的灯火通明不一样，它的内部几乎没有任何亮光，也没有一丝人影。

一个烛台浮动在前面，爱林娜知道那恐怕是给她用的，因为一到了这种黑暗的地方，艾伦的眼睛就会变成金色，他可以没有任何困难地走在黑暗里。

而不知道从哪儿升起的念头，爱林娜觉得自己似乎还见过艾伦的眼睛变成红色。只是那时候的艾伦让人有些害怕。

爱林娜小心地亦步亦趋地跟在艾伦身后，只听艾伦说：“不要怕。跟着我就行。”

爱林娜小声地应了一声，她隐约可以看到艾伦的背影，好像他这么一说，她就真的不再害怕了。

直到走到一间房间的门口时，烛台突然不动了。

门徐徐地打开了。

一个听上去并不苍老却显得十分冷漠的女声传出来：“艾伦，我说过，不希望在这里再看见你。而你最好告诉我来这里的理由。”

门打开的时候，房间里亮了起来，虽然不是十分明亮，但是和外面的漆黑比起来还是好了很多。爱林娜终于有种松了一口气的感觉，刚才走在过道上，让她有种生活在这里的根本就不是人类的错觉。

但……如果生活在这里的人是她的母亲，又怎么可能不是人类？

艾伦闻言，十分尊敬地回复："夫人，打扰到您，我感到非常抱歉。但是我想有个人，您还是愿意见到的。"

里面的人似乎冷笑了一声，道："艾伦，你以为带着一个拥有血统的人来这里，就算讨好我了吗？告诉你，我绝对不会原谅你们。"

血统？这是什么意思？

一丝淡淡的疑惑滑过爱林娜心头，可是她却没有心思去在意那些，因为这个女人话语中的愤怒和恨意让站在门外的爱林娜心惊。

这个女人……就是她的母亲吗？可是，她为什么会说这样的话？她为什么会憎恨艾伦？

艾伦对于那些话似乎完全没有放在心上，只是说："夫人，我想您一定愿意见她的。您的女儿，爱林娜·琴！"

艾伦话音刚落，一把推开了门，然后拉过站在一旁的爱林娜，把她推向身前。

一个身着长裙，一头血红色长发的女人就这样出现在了爱林娜眼前。

爱林娜难以置信地看着她，一点都没有错，这个女人就是她梦中的那个人。而且，爱林娜隐约记得她似乎还在哪里见到过。对了，就是在威瑟庞塞的城堡里，那幅画像，戴着"暮光之心"的那个女人！可是，让爱林娜完全没有想到的是，这个女人竟然会是她的母亲。

然而，真正震惊的还不止爱林娜一个人。她的母亲显然也是一脸惊诧。而最先反应过来的人，也是爱林娜的母亲。

只听她尖声大叫，然后像是要吃人一样地看着艾伦，她几乎是歇斯底里地大声喊着："艾伦，你这个该死的血族！你为什么……为什么要把她带来这里！为什么！"

母亲的疯狂状态让爱林娜受到了惊吓。她难以置信地退了两步，她从来没有想到过，再一次看到自己母亲的时候竟然会是这样的局面。

"妈……妈妈？"她小声地叫着，却害怕地后退，身体不由自主地靠近艾伦，她的神情是惊恐的、害怕的。

艾伦显然也没料到会有这样的事，他原本以为或许那个人在见到自己女儿的时候，或许会不高兴，但最多也就是让他们尽快离开，而不会这样歇斯底里。但他显然并不了解一个女人作为母亲，又经历了那样的事之后会有的感觉。

艾伦怕她会突然冲上来伤害爱林娜，于是就将爱林娜护在身边，同时大声说道："夫人！您冷静点。她是您的女儿！"

夫人显然完全无法控制自己的感情，流下了像鲜血一样的眼泪，她朝着艾伦绝望地大声喊着："带她走，带她走！不要让我再看到她，不要！你们走！"

艾伦无奈，这种情况下，他似乎只能带着爱林娜离开。威尔敏思的大门在瞬间就打开了。艾伦带着爱林娜迅速地离开了城堡。走了好远，艾伦才停下脚步。他忍不住看着怀里的人，自从走出城堡后，爱林娜一直一言不发。

艾伦不免有些担心：“爱林娜……你……还好吗？”

爱林娜眼神迷茫，她沉默地看着远处，脸色出奇地苍白，而艾伦突然发现她的双手正紧紧握着拳，鲜血正一滴一滴地往外流着。

艾伦骇然地捧起爱林娜的双手，用力将她的手指掰开，果然，她的掌心中已经血肉模糊。一瞬间，艾伦竟有了一种心疼的感觉。他深吸了一口气，让自己忽略那种奇怪的疼楚，对着爱林娜说：“爱林娜，别这样。这样我会后悔带你来这里。”

爱林娜还是没有说话，但眼睛里却涌出了泪水。

艾伦微微一愣，无言地将爱林娜拥入怀中，他从来不知道该怎样去安慰一个人，所以他能做的只有这些。

爱林娜就那样在艾伦的怀中无声地哭泣。

也不知道过了多久，艾伦发现怀中的人竟然已经哭得累到极致而昏睡过去。她犹带着泪痕的脸，看着让人心碎。艾伦极轻地抱起爱林娜，走到了来时的巨大枯树下。然后背靠着枯树坐下。

这时候的艾伦也没有力气再破开空间之门回到威瑟庞塞，所以他只能等在这里，或许过不了多久，他的力量就能恢复，又或许，他的属下会来到这里接他。

但是无论如何，艾伦似乎都不太想在这个时候回到威瑟庞塞，他有种不希望被人看到爱林娜现在这样的感觉。虽然不知道是为什么，但是艾伦决心遵从自己的感觉。

时间静静地流淌。

也不知道过了多久，爱林娜缓缓醒来。

一时间，她还没有弄清楚自己身在何处，就看见一张英俊的脸离自己很近。是艾伦……爱林娜刚想开口叫他，却被之前的那些记忆侵袭，身体不由自主地颤抖起来。

而几乎就在这一瞬间，艾伦睁开了眼睛，他看到爱林娜这样，立刻抱紧了她，道："爱林娜，你好点了吗？别再哭了。"

爱林娜在这一刻伸出手，死死地回抱住了艾伦，她嘶哑着声音说："为什么？艾伦，她是我的母亲，可她为什么要这样对我？我……我究竟做错了什么。"

"不，爱林娜，不是这样。你没有任何错。真的，相信我。一切都是因为……都是因为……唉！过去发生了太多事。爱林娜，如果你真想知道，我可以告诉你。"

艾伦不愿意再看到爱林娜这样痛苦，所以他选择告诉爱林娜事实。

他怜悯地低下头再度亲吻了爱林娜的额头，低声说："我会告诉你的。所有的一切。"

第十章 CHAPTER 10

真相

THE OFFSPRING OF THE TWILIGHT

在艾伦低沉沙哑的叙述中，一个爱林娜从来没有想过的残酷过去徐徐展现在她面前。

爱林娜亲生父亲的名字为斯卡迪·布鲁赫·梵卓……

他是一名血族，还是一名拥有高贵血统的亲王级血族。同时，他也是艾伦的养父。而爱林娜的母亲依琳，却是皇室成员，当今女王陛下最小的女儿。

这场发生在人类和血族之间的恋爱，让女王陛下得知了血族的存在。谁都没有想到，女王陛下为了求得永生，竟然利用了依琳想要获取血族初拥的想法，但是她最终失败了。

斯卡迪的老对手卡罗泽却趁此机会劫走了刚生产后的依琳，想要威胁斯卡迪。

爱林娜的父亲是真正的神之后裔，他身体里流淌着第一代血族该隐的血液。而这种血液，却可以用来复活该隐的弟弟，传说中被该隐杀死的亚伯。

只要亚伯复活，信仰亚伯的血族叛军就会得到强大的力量，黑暗将彻底地笼罩整个世界。面对这个可怕的后果，斯卡迪当然不会妥协，所以与卡罗泽大打出手。虽然这场斗争最终以卡罗泽失败而告终，但是在卡罗泽败退之后，斯卡迪却死了。

爱林娜的母亲是那样痛苦，甚至想要追随斯卡迪而去，却被斯卡迪在临死前制止。斯卡迪将红月家族首领的位置交给了艾伦，同时也拜托艾伦照顾好依琳和他的女儿。

并且，斯卡迪让艾伦将爱林娜的母亲彻底地变成了血族。

这或许就是血族的自私，斯卡迪由于已经经历过一次复活仪式，所以他的再次复活恐怕要等到千年以后，这么漫长的岁月，人类是不可能熬过去的。所以他让自己所爱的人类少女变成了血族，等待着他在漫长岁月之后复活。

如果这一切是在小说中，这会是一个异常感人的爱情故事。

可是，现实却是残酷的。

依琳虽然爱着斯卡迪，可她宁可死也不愿意成为吸血鬼，过那种永远不见天日的日子，更要遭到整个家族的遗弃。当时的依琳毕竟只是一个十七八岁的人类少女。

依琳痛恨着血族的生活，她每天必须吸食鲜血，而这令她无比痛苦。她想过绝食，想过自杀，却都因为她已经是永生的血族而无法达成。艾伦非常尽职地照顾着她。而这样的依琳是完全无法养活一个孩子的。

所以艾伦让亲信把女孩也就是爱林娜送回到了人世。

爱林娜完全不知道该用怎样的表情去面对说出这些陈年往事的艾伦。她的父亲是血族，她的母亲原本是人类，可现在竟然也成了血族。那她到底是什么？人类和血族的混血吗？爱林娜完全蒙了。

艾伦在这时候努力地向爱林娜解释道：“爱林娜，不是那样。你继承了该隐的血脉。所以你才会出生。”

“什么意思？”爱林娜呆呆地看着艾伦，他所说的一切，对于爱林娜而言都是不可思议的事情。

艾伦无奈地叹了一口气：“血族和人无法孕育共同的孩子。除非这孩子继承了该隐的血脉。但这是极少发生的事，几乎可以说没有。”

“但它还是发生了不是吗？所以才有了我。”爱林娜看着艾伦，神情木然。

原来……她真的是怪物。

艾伦看出了爱林娜所想的，不由得伸手将她揽进了怀里。艾伦紧紧地抱着爱林娜，说：“不，你别多想。其实，有着该隐血脉的人，并不止你一个。”

爱林娜微微抬起头，看着艾伦，他的怀抱让人无比眷恋。

“还有谁？”爱林娜绝望地问。

艾伦微微地笑了，他指了指自己，说：“我。”

“你？”爱林娜震惊了。

艾伦点头，说：“正因如此，斯卡迪让我成为了血族。拥有该隐血脉的血族，就能拥有比一般血族更强的能力。其实，卡罗泽也是。只是给他进行初拥的人远远不及斯卡迪，所以他才会在实力上输给我。”

爱林娜又有些无语，血族的事情可不是一般地麻烦。

可是这些和她又有什么关系。她露出了一个异常惨淡的冷笑。

这个该死的血脉还害得她连自己的母亲都没法认。如果今天不是艾伦带她来到这里，她恐怕都无法再见到她的母亲。虽然那个应该是她母亲的人，看上去却几乎和她差不多大。血族果然是不老的吗？

爱林娜郁闷的神情让艾伦生生看出几分可爱来。艾伦伸手微微点了点爱林娜的鼻尖，问："想什么呢？"

爱林娜摇头，说："什么也没想，只是不知道该怎么说。"

"你说吧。只要你想知道，我能回答的，我都会告诉你。"艾伦低声道。

爱林娜却在这时候问："那卡罗泽又为什么要抓我？"

艾伦答道："作为祭祀品。他需要拥有该隐血脉的人类。所以他这么多年来，一直想找到你。"

"可他自己不也是拥有血裔的吗？"爱林娜忍不住困惑地问。

艾伦揉了揉爱林娜的头发："爱林娜，他现在已经是血族了。而祭祀需要的是人。"

爱林娜闻言不由得打了个寒战，想到自己竟然要被血祭，就觉得太恐怖了。她忍不住又朝艾伦靠了靠。

"爱林娜，你不用担心。你的母亲终有一天会认你的。依琳并不是那么无情的人，她今天只是太激动而已。"

爱林娜的神色变得有些落寞，依琳那种几近疯狂的表现已经深深刻在了爱林娜的脑海里。她完全可以清晰地感觉到依琳对她的痛恨和厌恶。艾伦这样说，恐怕也只是安慰她吧。

这时候艾伦轻轻地吻了吻爱林娜的脸颊，低声说："你不用太担心。等一切事情解决之后，我会再带你去找依琳，和她解释。依琳只是对于自己的血族身份觉得无法接受而已。她真的不是不要你。”

艾伦自然而然的动作让爱林娜有些恍惚，什么时候开始她和艾伦会这么亲密？而直到现在爱林娜才发现，她似乎整个人都被艾伦抱在怀里，这样的动作竟没有让爱林娜有丝毫的不舒服，似乎她也喜欢这样。因为艾伦给她一种值得依靠而且强大的安全感。

在艾伦面前，似乎一切的问题都不再是问题。

只是，只是这样真的没关系吗？

爱林娜悄悄挣动了一下，但是一瞬间她就被艾伦紧紧搂在了怀里。

只听他说：“别动。这里的沙漠很冷。你受不了的。”

爱林娜这才发现，这时候艾伦的身体并不像平时那么冰冷，反而有了温度，让人觉得温暖。爱林娜才想到，艾伦这是在用他的力量给自己取暖吗？一种淡淡的温馨在爱林娜的心里浮起，她轻轻靠在艾伦胸前，低声问：“你为什么要对我这么好？我应该……算你的人质……不是吗？”

艾伦闻言低声笑了：“我从来没有把你当成人质，你一直都是我的客人。”

客人吗？爱林娜抬头看了一眼艾伦，冰蓝色的眼睛里并不像往日那样冷漠，反而荡漾着像大海一样的温柔光芒，把爱林娜紧紧围绕着。

就在这个瞬间，爱林娜突然意识到，她恐怕真的要陷在这个男人少见的温柔里而不可自拔。她已经完全爱上了这个叫海恩斯·艾伦·梵卓的血族亲王了。

安静而温馨的气氛围绕着两个人，虽然身处在这片贫瘠的沙漠里，但爱林娜的心中却异常温暖。

但是，这一抹淡淡的和谐很快就被空气中忽然产生的震动打破了。

艾伦猛地站起身来，警惕地挡在了爱林娜身前，他不知道会是谁打开了空间之门。

出现的人是雷塞尔。

艾伦和爱林娜顿时都松了一口气，雷塞尔看到他们两个人也放下心来，语气不可抑制地充满了埋怨：“亲王殿下，您就不能控制一下吗？您忘记您的伤了吗？怎么可以这么不计后果地破开空间？您甚至没有告知我们您去了哪里。”

艾伦挑了挑眉毛，也许是因为自知理亏，他没有多说什么。他拉着爱林娜走向雷塞尔，与雷塞尔错身而过的时候，他淡淡地说了一句：“抱歉。”

雷塞尔猛地回过头，像是看到鬼一样盯着艾伦。

亲王什么时候竟然会说这样的话了？难道是他错过什么了吗？

一瞬间雷塞尔都要以为出现在他面前的艾伦是假的。不过，很快雷塞尔就发现艾伦和爱林娜相互紧握的手，还有萦绕在两人之间的那股若有似无的暧昧气息。

雷塞尔一下子愣住了，他有点傻眼，不会是他想的那样吧？

艾伦见雷塞尔一直不动，不由得皱眉，他的属下什么时候竟然变得这样了？于是艾伦咳嗽了一声，道：“雷塞尔，还不快点回威瑟庞塞！”

雷塞尔回过神，一边上前拉住了艾伦和爱林娜的手，一边抱怨道：

“亲王殿下，城堡里就剩下我一个人能够在一天内两次破开空间之门了。要是换了别人，您可怎么办？”

“别废话。”艾伦瞪了一眼雷塞尔。

雷塞尔沉默了，那样子让人觉得他十分委屈。

爱林娜在一旁忽然忍不住笑了，她还从来没见过雷塞尔有这样的表情呢。之前因为见到疯狂的母亲而异常苦闷的心情好像也好了很多。

艾伦看着爱林娜，有些无奈地说：“闭上眼睛。”

爱林娜吐了吐舌头，然后乖乖闭上了眼睛。

等到再睁开眼的时候，她又回到了熟悉的威瑟庞塞，忽然间威瑟庞塞给了她一种非常亲切的感觉，爱林娜不由得有些好奇。

犹豫了片刻之后，她忍不住拉了拉艾伦的袖子：“艾伦，威瑟庞塞也能说话吗？”

之前威尔敏思城堡大门上的那张脸可是让她印象深刻。

艾伦露出温柔的笑容，点头说：“可以。只是它比较害羞。”

“城堡也会害羞？”爱林娜好奇地睁大了眼睛，然后又追问，“我能和它说话吗？”

艾伦神情古怪地看了爱林娜一眼。一般人无论怎么样，都不会想要跟一栋阴森森的血族城堡对话吧……

可是看到爱林娜闪闪发亮的眼睛，艾伦却觉得没有办法拒绝她。

“当然可以，你只要把手放在墙上就行。”艾伦摸了摸自己的额头，有些无奈地说道。

爱林娜立刻好奇地伸手贴到城堡的墙上，果然，一张模模糊糊的脸出现了。艾伦道：“威瑟庞塞，打个招呼吧。”

“你好……”一个柔和的声音从四面八方传来。

爱林娜结结巴巴地说：“你……你好……我是……爱林娜。”

“我知道……爱林娜·琴……拥有该隐血脉的人类……”威瑟庞塞说着，又害羞地把脸隐去，可是它的声音没有消失，“以后你可以随时告诉我，你想去城堡的哪个地方，我会带你过去的。”

艾伦听到了这段话之后，表面上依然还是面无表情，内心却忍不住小小地震惊了一下。就连他都是在所有人承认了他的亲王身份后，威瑟庞塞才给予他这样的优待。

而它对爱林娜却是这样友好……

不过，看到爱林娜完全不知道怎么回事的表情，他不由得笑了，轻声说：“爱林娜，快点谢谢它。这对威瑟庞塞来说可是第一次。”

爱林娜立刻朝着空中大声说：“谢谢，威瑟庞塞。”

城堡并没有回应爱林娜，不过，身为血族，艾伦敏锐地感觉到这里的空气好像有些升温了。

艾伦笑了起来，揉着爱林娜的头发说：“它喜欢你。”

爱林娜有点不好意思地笑了笑。两人之间的互动并没有瞒着任何人。一旁的雷塞尔目瞪口呆地看着这两个人。那个笑得无比轻松自然的人是他所熟知的艾伦亲王吗？真的是他吗？

同样，这一幕也让来接艾伦的克罗蒂亚看得一清二楚。浓烈的嫉恨在她的眼里闪现，为什么会这样？她爱了艾伦亲王那么多年，她是艾伦唯一允许用“海恩斯”三个字来称呼他的女人。可是应该属于她的亲王，现在却朝着别的女人微笑！而她从未见到过这样的笑容。

她绝对不能放过爱林娜！

克罗蒂亚垂下眼帘，没有让任何人看到她狠毒的眼神。

爱林娜并不知道她的幸福让另外一个女人几乎要变成了地狱中的魔鬼，她甚至完全没有感受到那种绝望的嫉恨。

因为她已经彻底地沉浸在了幸福之中，那是只有恋爱才能带给她的幸福。

也许是因为将一切都告诉了爱林娜，艾伦在面对她的时候显得更加自然，而爱林娜在威瑟庞塞生活得更自由，艾伦不会再限制她的活动范围。

更加让爱林娜感到欣喜的是，名为威瑟庞塞的城堡果然很喜欢她。在艾伦每天忙于公务而无暇陪伴她的时候，城堡每天都会带着她四处闲逛，看到许多之前没有见到的美丽庭院和远山景色。

但是，无论威瑟庞塞展现给爱林娜的景物是多么美好，在爱林娜眼中，艾伦那双冰蓝色的眼睛才是这个世界上最美的事物。

不知道从什么时候起，他注视她的目光变得异常温柔，曾经的冰蓝色火焰变成了可以溺死人的海水……每当爱林娜注视他的时候，都会有一种错觉，她想就这样直接溺死在他的眼睛里。

有的时候，她甚至会害怕，害怕自己对艾伦的这种感觉。

而这种矛盾的心情让她在生活上也有了一些小小的改变。她会不自觉地开始晚睡，避开正午的阳光……

潜意识里，她希望自己能够与艾伦更加相似一点。

不过，这种想法却在某天早晨起床后，开始改变了。对于爱林娜来说，那原本只是一个很普通的早上。只不过因为她在窗子上蒙上了厚厚的天鹅绒窗帘，所以当她起床以后，天色已经很明亮了。

一丝金色的阳光透过窗帘的缝隙投射在了爱林娜的身上。不知道为什么，明明只是一道细细的阳光，她却总觉得身体在那光线的照射下有些发热。

难道是发烧了吗？爱林娜困惑地摸了摸自己的额头，但是，那种发热并不是很强烈，也不觉得难受，反倒有种全身都很舒服的感觉。这是怎么了？

爱林娜摇了摇头，坐了起来，没有在意身体上的这个小变化。她打了一个哈欠，想要换上衣服。就在这个时候，她的动作停顿了。她突然被自己白皙的手臂吓了一跳，什么时候她的手臂变得这么白了？

爱林娜的肤色一直属于健康的珍珠白色，在学校里，她的皮肤已经被很多的女生羡慕，怎么都晒不黑，而且天然的润白再加上微微透着的红润，让爱林娜相当地引人注目。

只是，现在……爱林娜的皮肤却白得超乎了她的想象，那是如同雪一样的白皙，毛孔已经细密得几乎看不见。

爱林娜仔仔细细地打量了一下自己的手，愈发觉得那就像一块无瑕的白玉一样。怎么会这样？她不由得掀开毛毯，然后发现毛毯下裸着的双腿竟然也变得白皙起来。

啊！”爱林娜惊呼了一声，她当然熟悉身体的每一部分，看到这样突如其来的变化，爱林娜顿时有些不知所措。她慌忙站了起来，甚至连睡衣都来不及脱，就冲进了有着巨大镜子的更衣间里。而后，爱林娜带着满脸的惊诧神色看着镜中的人……这……还是她吗？

在那头乌黑长发的映衬下，爱林娜的肤色甚至比雪还要白，而这种白让她想起最近一直围绕在身边的血族，那是纯粹的白色，没有一点瑕疵。这让爱林娜一下子变得成熟了很多，虽然身体还是原来熟悉的身体，但是又有一种莫名的陌生感。

如果是在学校里，将有多少女孩子会羡慕她的这一身雪肌？爱林娜难以置信地触碰了一下自己的脸，冰冰的，却极富弹性，肌肤下她可以感觉到那种微热的生机，究竟是什么突然改变了她？是因为那种发热的感觉吗？

就在这时候，雷塞尔敲门的声音在外响起。

“爱林娜，你怎么了？”

爱林娜猛地回过神，她大声应了句：“等等！”然后手忙脚乱地给自己穿上了衣服才去开门。

一开门，雷塞尔看到爱林娜就愣了一下，他惊讶地上下打量着她：“爱林娜！你……”

爱林娜一下子捂住脸，有些诧异又有些不安地说：“啊！你也看出来了？神！我的脸怎么会一下子就变得……这么白？”

雷塞尔很快恢复了冷静，看着惶惶不安的爱林娜，笑道："爱林娜！你在担心什么呢？变白不是女孩子们都想的吗？而且你这样……嗯，更漂亮了。"

爱林娜瞪了一眼雷塞尔，咬着嘴唇说："你在说什么！我宁愿是原来那样！这到底是怎么回事？"

其实……雷塞尔有一种想法，但是想想这事，他还是先不要和爱林娜说比较好。

找个机会先告诉亲王……相信亲王会有他的想法。于是，雷塞尔和爱林娜说了几句话后，就匆匆离开了。

只留下爱林娜一个人坐在房间里看着镜子不住地叹气，她这样可怎么出门?

短短几分钟之后，爱林娜的房门被敲响了。

艾伦有些匆忙地出现在了她的房间里。爱林娜看着熟悉的脸庞，就像是找到了什么依靠一样，瞬间就觉得安心了许多。但是……无意间瞟到镜子里那愈发陌生的身影，爱林娜却又忽然迟疑了。

她有些局促不安地看着艾伦。

"爱林娜，你怎么了？"

她的怪异行为让艾伦疑惑不解，他朝着爱林娜走去，而爱林娜下意识地往后退了几步，最后，她莫名其妙地退到了墙角，像是一只被猫咪逼得走投无路的老鼠。

"哦，爱林娜，你到底怎么了？"

艾伦看着爱林娜，有些着急。

“我……我……”爱林娜结巴了，忽然觉得自己这样的行为简直傻透了，她捂着脸，自暴自弃地扭过了头，“我变得很奇怪，你不要看我。”

“扑哧……”

一声轻笑从艾伦的嘴角溢出来。爱林娜也不顾羞涩，诧异地抬起头朝他望去。

艾伦竟然会露出这样的笑容？简直太不可思议了。

她被那个微笑蛊惑得恍惚的时候，艾伦已经一步一步地走到了她的面前。他伸出手捧着爱林娜的脸，表情忽然变得专注而沉稳。他看着爱林娜的表情，就仿佛是在看着什么稀世珍宝。

被那样热切地目光关注着，爱林娜的脸不受控制地红了。

“不要看我啦……”她小声地说，“真的很奇怪，我一定是变成什么怪物了……”

“并不奇怪。”艾伦温和地打断了她的嘟囔，“只是你的血脉觉醒给你造成了一些外表上的变化而已。”

“血脉觉醒？”

“嗯，没错，就像我之前跟你说的，你的身体里有该隐的血统，也许是因为跟我们在一起久了，你的血统开始逐步觉醒，你可不要忘了，该隐可是第一代血族，他的血液里有着非常惊人的力量，所以有的时候，就算是身为人类，也会被这种力量所影响。”

“是这样吗？”

爱林娜有些不安地从艾伦的掌中挣脱出来。天啊，再这样被他看下去，她的脸一定会直接燃烧起来。

“别担心，这对你不会有什么坏的影响……真奇怪，人类的少女不都是希望自己变得越来越漂亮吗？为什么你在面对这种情况的时候反而会这么不安？”

艾伦或许是为了安慰爱林娜，破天荒地说起了调皮话。

爱林娜的脸变得更红了。不过，不可否认，听到了艾伦的解释后，她只觉得自己的心上卸下了一块巨大的石头，瞬间轻松了很多。

血脉的觉醒原来会让人变漂亮啊……

她咬了咬嘴唇，愈发觉得所谓的该隐的血脉真是太神奇了。就在她暗自有些高兴的时候，她的脑海中忽然闪过了之前艾伦对她说的那番话。

“真的不会有什么坏的影响吗？你是不是在骗我？”她的脸色骤然变得惨白，抓住了艾伦的袖子，急急地问。

“骗你？我为什么要骗你？”

艾伦对她的反应显得异常困惑。

爱林娜的身体有些颤抖，但是在犹豫了一小会儿之后，她还是鼓足勇气，将自己的猜测说了出来：“你，你不是说，卡罗泽需要我作为祭品去唤醒亚伯，不是吗？”

她缓缓地后退，表情十分黯淡。

“而且，之前你之所以想要杀我，也是因为这个缘故吧……我是可以唤醒亚伯的钥匙……”

其实，在见面的时候，艾伦对她做的那件事情，一直是爱林娜胸口的一根刺。虽然之后经历了那么多的事情，她也知道艾伦已经对她没有杀意了，但偶尔想起那个场景，她还是会觉得有些悲伤。

艾伦顿时僵住了，他完全没有想到爱林娜会想到那个地方去。而且，想起自己之前的行为，即便是很少后悔的他也感到了一丝后怕。

“我那个时候……”他犹豫地斟酌着措辞，可是，当他面对爱林娜清澈的眼眸的时候，所有的借口、所有的说辞都从他的脑海中消失了。

“好吧，我那个时候犯了一个错误。那个时候，我并不知道……”他叹了一口气。

“我明白。”爱林娜垂下了头，闷闷地说。

其实也没有什么好生气的，那个时候他并不认识她，要杀她也是理所当然的吧。

可即便是清楚这件事情……她还是觉得有些难过。

听到爱林娜的回答，艾伦第一次感到有些心慌。他下意识地伸手，抬起了爱林娜的下巴迫使她看着自己。

“那个时候我以为你只是一个普通的人类女性，那么脆弱……”

“我现在依然很弱。”

爱林娜忽然抬起头，痛苦地看着艾伦。从艾伦口里说出这样的话，真的好让她伤心。

“不，你不弱。”

艾伦斩钉截铁地反驳了她的话。爱林娜不由得露出了困惑的表情。

“你的能力是我们无法想象的，不要忘记了，你是拥有该隐血统的女人。”艾伦说。爱林娜忽然感到压力很大，她连连摇头。

“我只是一个普通的人类，不像你们血族……而且该隐的血脉觉醒了，也不过是让我的皮肤变得更白了一点。”她抬起手臂，有些自嘲地笑了笑，“艾伦，你就不要安慰我了。”

“我从来不会安慰人。”艾伦忽然伸手握住了爱林娜的手，然后将头凑到了她的耳边，“如果你不信的话，我来展示给你看。现在，闭上眼睛。”

爱林娜下意识地听从了。

她闭上了眼睛，然后惊异地感觉到了身体里的变化，那是一种全新的感觉，胸口的地方仿佛有一簇小小的火苗，向外散发着魔力。

“好神奇……”

她忍不住喃喃自语。

“是啊，很神奇吧。你知不知道，当血族们来到你身边的时候，无法直接接触到太阳的他们，会因为你的力量而感到从未感受过的温暖。爱林娜，对于血族来说，你就是太阳。”

“艾伦……”

爱林娜从来没有想到，没有任何甜蜜辞藻的一段话，却会让人觉得心动不已。

过度的害羞让她不由自主地偏过了头，简直不知道该如何是好。也正是这种状态，让她说出了一句让她自己都有些后悔的话。

“那又怎么样……反正……反正如果卡罗泽想的话，我还是可以成为他们唤醒亚伯的钥匙。那个时候，恐怕你就会后悔为什么没有早点杀掉我吧。”

艾伦的脸色一下子就变了，而爱林娜也觉得异常后悔。

为什么她会说出这样的话来呢……真的非常让人扫兴啊……

爱林娜本来以为艾伦会生气，但是在片刻的沉默之后，她却被重重地揽入了一个厚实的怀抱。

“爱林娜，我向该隐，我向我身体里流淌的血脉发誓……我绝对不会允许任何人，包括我自己伤害到你！”

“艾伦，我，我也不是那个意思……”听到他这么郑重其事地宣誓，爱林娜自己也害羞了。

“我知道，”艾伦平静地注视着她，“我只是想要告诉你，我想要守护你的心情。”

爱林娜一瞬间睁大了眼睛。

“为什么……”

“你知道为什么。”

艾伦温柔地看着她，给了她一个不是答案的答案。

爱林娜的心里顿时涌入了甜蜜的暖流，是啊，她想她是真的知道为什么的。

第十一章

CHAPTER

11

告白

THE OFFSPRING OF THE TWILIGHT

从那天起，艾伦和爱林娜之间开始愈发亲密。那种甜蜜的气息甚至让雷塞尔忍不住拼命地打趣爱林娜。就连城堡似乎都感受到了什么，爱林娜不止一次在忽然出现的中庭中看到了盛放的玫瑰和心形的喷泉。

她几乎要以为这种甜蜜而平静的日子会永远继续下去。

而就在这个时候，艾伦突然收到一张来自女王的请柬。

“把你留在这里这么久，想必女王陛下也很担心。过去的事让她一直耿耿于怀，不如我带你去参加舞会，也好让她放心。”艾伦笑道。

爱林娜点点头，女王终归是她的外婆，自从得知真相后，那份感情就完全不一样了。

精心装扮的爱林娜一身粉色礼服，胸前戴着那颗璀璨的“暮光之心”，长发被精心地绾了起来，几缕发丝垂在脸颊的一侧，显得她的脖子特别纤细修长，就像天鹅一般美丽优雅。

爱林娜挽着艾伦的手臂走进宴会厅，顿时吸引了众人的目光。这段时间突然销声匿迹的爱林娜成为了整个贵族圈的话题。那晚宫廷宴会后，那个神秘的亲王和格兰特公爵的养女同时失去了踪影，不论格兰特公爵如何寻找都没有丝毫的痕迹。

一时间流言飞语纷涌而起，有人说爱林娜被那个亲王诱拐了，但更多的人却说爱林娜是因为贪图那个亲王的权势自愿跟着走的。

而此刻，突然出现的爱林娜以及站在她身边的艾伦似乎在向众人展示着什么。人群里开始窃窃私语。

格兰特公爵愤然起身，径直走到爱林娜面前。

顿时，整个宴会厅鸦雀无声。

爱林娜欣喜地叫了一声：“父亲！”

她没有注意到格兰特公爵脸上的愤怒，长久不见亲人，她以为她的父亲会同样高兴，却忽略了现实的情况。格兰特公爵几乎是扬手就朝着爱林娜打了过去，爱林娜吓得一声尖叫，但格兰特公爵的手并没有伤到爱林娜，反倒是被一旁的艾伦死死抓住。

格兰特公爵愤怒地看着艾伦，说：“放手！”

艾伦冷冷地回视着格兰特公爵：“不可能。”

“混账，你究竟是什么人！爱林娜是我的女儿，不需要你插手我们家的事。”格兰特公爵怒喝道。

艾伦沉着脸，如果这个人不是爱林娜的养父，他早就捏死这个人了！

爱林娜这个时候才回过神，惊恐地看着格兰特公爵，几乎要哭了出来，说：“父亲，这是为什么？”

“为什么？你还有脸问我吗？格兰特家的脸面都被你丢光了！你竟然如此大胆，一声不响地就跟着这个男人离开格兰特家。你还来问我吗？爱林娜，我真是看错你了！”格兰特公爵大声地呵斥着爱林娜。

这时候爱林娜整个人都傻掉了。她被近期接连不断发生的事情完全弄昏了头脑，根本不记得要通知家人！

就在这时公爵夫人走了过来，挽住了自己生气的丈夫，朝着爱林娜极尖刻地说：“野种就是野种！根本不配被我们格兰特家族收养。老爷，从今天开始，我们家族就没有这个人。您同意吗？”

格兰特公爵此刻显然是被怒火冲昏了头脑，闻言大声地朝着爱林娜说：“是的！从今天开始，你不再是我格兰特家族的一员。你今后的所作所为和我们格兰特家族没有任何关系。”

爱林娜闻言如遭雷劈，难以置信地看着公爵，虽然她一直知道公爵夫人并不喜欢她，但是公爵却不一样，她是真心将公爵当成了自己的父亲。

可现在她所敬爱的父亲，居然在大庭广众之下对她说出这样一番决绝的话！

四周议论的声音越来越大，却没有任何一个人上前来劝阻，反而都像是在看好戏一样。

爱林娜面对如此羞辱，整个人几乎要跌倒。艾伦见状狠狠甩开格兰特公爵的手，立刻侧身揽住了爱林娜的腰，担心地说：“爱林娜，你没事吧？”

爱林娜流泪看着格兰特公爵，一句话也说不出来。艾伦深深皱着眉头，凌厉的目光看向格兰特公爵和他的夫人，沉声说：“你们不该这样做。”他的话很简单，却已经注定了他要为爱林娜讨回这笔债。

艾伦的眼睛开始逐渐变得有些泛红。

爱林娜注意到了艾伦的变化，吓得忘记了一切，立刻拉住艾伦的手，说：“不！海恩斯，我求你，不要……不要这样。”她完全可以感受到艾伦的愤怒，忙不迭地要阻止他。

艾伦看着格兰特公爵和公爵夫人，眼神中刺骨的寒意让两个身份高贵的人竟有种置身冰窖的错觉。

格兰特公爵不由得后退了一步，把公爵夫人护在身后，然后颤抖着问：“你……你要干什么？”

艾伦冰冷地说：“你不该羞辱她。”

格兰特公爵在听到这句话的时候，几乎就要被艾伦突然散发的浓浓杀气吓昏，而公爵夫人更是尖叫了起来。

直到这时候，周围的人群才不安地骚动起来，他们显然也是感受到了来自于艾伦的杀气和怒意。

“不，海恩斯，不要这样。”爱林娜惶恐地说道。

这个时候宫廷侍从高声地喊起来：“女王陛下驾到！”

周围的贵族们立刻安静了下来，爱林娜乘机拉住了艾伦，说：“艾伦，陛下来了！你不要这样……”

艾伦在听到女王驾到之后，稍微收敛了一些怒意，但整个人还是显得异常阴沉，让人不敢直视。

公爵夫人见此情形，连宫廷礼节都忘记了，就朝着女王跑去，一边大声喊：“女王陛下，女王陛下！有人要在宫廷里行凶！”

女王闻言一愣，威严地皱眉说：“公爵夫人，冷静。究竟是怎么回事？什么人这么大胆？”

公爵夫人立刻伸手指向了艾伦和爱林娜，同时尖声说：“就是他们！

那个爱林娜，她还是我的养女，可她竟然胆敢纵容别人威胁恐吓我和公爵！那个男人他还想动手行凶！”

女王顺着公爵夫人手指的方向看过去，就看到了爱林娜，还有血族的艾伦亲王。

当下，她又惊又喜，根本不管公爵夫人在说什么，就朝着两人走了过去，一边走一边朝着爱林娜伸开双臂，说：“爱林娜！我的孩子，你终于回来了。你过得好吗？”

女王话音一落，众人一片哗然。女王陛下轻轻拥抱了爱林娜一下，又亲吻了她左右两边的脸颊。

突然之间，在场所有人都愣住了，这是王室皇亲间见面时才会有的礼节。

就在这个时候，女王发现爱林娜竟然流泪了。女王惊讶地问：“爱林娜，你怎么了？为什么哭？是艾伦亲王做错什么了吗？”

一旁的艾伦顿时觉得有些无辜，无奈地说：“女王陛下……”

女王拉着爱琳娜的手，转头对着艾伦说：“我将爱林娜托给你照顾，你怎么能把她弄哭呢？”

女王陛下的话让在场的所有人又是一声惊呼，他们全都误会了，竟然是女王陛下的指令，把爱林娜托付给艾伦亲王。

艾伦深深看了一眼女王，说：“究竟是谁惹她流泪，在场的人都很清楚。你说是不是？公爵大人？还有，你，公爵夫人。”

女王这才听出些蹊跷来，不由得看向脸色相当难看的格兰特公爵，不悦地问："格兰特，这究竟是怎么回事？"

格兰特公爵此刻已经完全知道他误会了爱林娜，并错怪了她。但是，这种时候，他又该怎样向女王解释？

女王见格兰特公爵不说话，转头又看向一旁的公爵夫人，此刻公爵夫人也低着头一言不发。

女王满面怒气，朝着不远处站着的一名贵族说："斯科特，你来告诉我，究竟发生了什么！不许隐瞒。"

被点名的那个贵族，神情泄露了他真正的想法——那种看热闹的想法。

听到公爵夫人骂爱林娜是野种，女王气得怒不可遏，挥手打断了那个贵族的话，她不能让爱林娜再度受到羞辱。

她走上前再度拥抱了一下爱林娜，疼惜地说："可怜的孩子，让你受委屈了。"女王随后将目光转向了格兰特公爵，"公爵大人！"

"女王陛下。"女王鲜少如此称呼她的近臣，格兰特公爵感觉到了女王的恼怒，不由得后悔自己刚才的莽撞，同时也狠狠地瞪了一眼一旁的公爵夫人。

女王沉着声音说："格兰特公爵，我现在要求您把是谁委托您照顾爱林娜小姐的事告诉所有人。"

格兰特公爵震惊了，难道女王陛下是想公开爱林娜的真正身份吗？在女王陛下的逼视下，格兰特公爵不得不开口说："让我照顾爱林娜的正是您，我尊敬的女王陛下。"

众人又立即噤声。女王陛下冷笑一声，环顾了一下四周惊愕的人们，说：“很好，我真高兴你还记得这件事。”

格兰特公爵说不出话来，只能低下头，他刚才说不再认爱林娜，岂不就是违背了女王陛下的意愿。

而女王此刻又转向公爵夫人，她似乎意识到了什么似的，正在微微发颤。

女王陛下威严地看着公爵夫人，一字一句地说：“那么公爵夫人，你又知不知道肆意侮辱皇室成员，是什么罪名？”

公爵夫人抬起头，看看女王，又看看一旁的爱林娜，突然一阵天旋地转。

周围的贵族中除了已经有些猜出事实的格兰特公爵，其他人几乎在瞬间惊呼出声。而女王陛下此刻却丢出了最重的炸弹，她对着在场的所有人说：“爱林娜是我的外孙女，当年，我最小的女儿依琳公主的孩子。依琳在海外结婚，却因为生产不幸离世，爱林娜辗转回到我的身边，我怕她因为没有母亲而受到伤害，所以让格兰特公爵认养了她。谁知你们竟如此侮辱她！爱林娜是继承了她母亲公主头衔的皇室成员！怎么能让你如此诋毁！”

女王陛下震怒，全场一片鸦雀无声。“公爵夫人，你不仅侮辱皇室成员，而且对自己的养女都用如此残忍的伤害手段，罪行不可饶恕。现在剥夺你公爵夫人的头衔，不再是贵族成员。”

公爵夫人闻言顿时瘫倒在地，一句话都说不出来。

而女王陛下又转向格兰特，说："公爵大人！你……"

"不！女王陛下！"没等女王说完，爱林娜突然大声地打断了女王的话。

"爱林娜，怎么了？"女王似乎并没有不悦的意思。

"陛下，请您……请您宽恕我的父亲吧。"爱林娜说着朝女王陛下跪了下来。

女王微微皱眉，说："爱林娜，快点起来，你不用这样。"

"不，女王陛下，您素来宽厚仁慈，我的父亲格兰特公爵只不过是一时气愤，而且我也有错，不能完全责怪我的父亲。还请您原谅他吧。"

女王见爱林娜这样苦求，又见格兰特公爵神色沮丧，不由得心一软，说："好吧。既然爱林娜公主求了情……"

爱林娜欣喜地说："谢谢，谢谢您！女王陛下。"

女王点点头，又朝着格兰特公爵说："你看看，这就是你要舍弃的女儿吗？你抚养了她这么多年，难道都不明白她的心是多么善良吗？你是怎么当她父亲的！"

格兰特公爵羞愧得无地自容。

而这时候沉默的艾伦突然开口说："他已经不是爱林娜的父亲了。"

爱林娜惊讶地抬起头看着艾伦，她没想到他这时候会说这样的话，艾伦看了一眼爱林娜，才说："恕我无法容忍一个无端污蔑我爱的女人的人，再继续成为她父亲。"说着艾伦上前将爱林娜搂在身边，正式宣布他和爱林娜的关系。

面对艾伦的强势表白，爱林娜完全愣住了，就连女王也看傻了眼，全场的贵族们又一次发出了惊叹。

爱林娜看着艾伦结结巴巴地说：“海……海恩斯，你……你在说什么？”

艾伦温柔地回视着爱林娜，说：“我想你应该听清楚了。”

“海……海恩斯……”爱林娜的脸顿时红了，她的心情无比雀跃，先前的难过与羞辱仿佛在瞬间就完全消失了。

一切就像做梦一样，那么多的不可思议——她的身份突然从养女变成了公主，而她爱着的艾伦又突然当着众人向她表白！

女王回过神看向爱林娜和艾伦，微微叹了一口气后，笑着说：“艾伦亲王，您应该知道爱林娜的身世，您能爱她，真是一件天大的喜事。但是我也希望您能承诺给予爱林娜幸福。这个孩子，受了太多苦……”

艾伦揽着爱林娜对女王说：“陛下，请您放心。梵卓家族的人，从来都是一言九鼎。而且我真心爱爱林娜。她将是陪伴我一生的人。我也绝对不会容许她受到任何伤害。就算是他们也一样。”艾伦指向了一旁的格兰特公爵等人。

格兰特公爵羞愧地低下头，他对着爱林娜说：“爱林娜，请你……请你原谅。我并不是故意……”

“父……公爵大人，我想我明白的。真的，感谢您对我这么多年的照顾。我会永远铭记在心的。”爱林娜最终还是没有称呼格兰特为父亲，因为她已经知道了自己的身世，她的母亲也依旧在世，况且，她也清楚自己身上的转变，如果再继续把公爵当成养父，恐怕也会给格兰特公爵带来麻烦，如今脱离这层关系也是好事。

格兰特公爵看着爱林娜，似乎并不能接受这样的称呼。

女王也清楚爱林娜的状况，最后一锤定音：“既然这样，那么爱林娜从今往后就不再是格兰特公爵的养女，而是我皇家的公主！”

公爵夫人被宫廷侍卫扶了出去，她失去封号再也没有资格进入皇宫，而格兰特公爵也匆匆告辞。他们离开了，舞会依然继续。

爱林娜和艾伦成了众人的焦点，艾伦主动站起来邀请爱林娜跳舞。当爱林娜被艾伦搂在怀中的时候，就像一只快乐雀跃的小鸟那般沉浸在幸福里。

艾伦看着神情沉醉的爱林娜，露出微笑，在她耳侧低声说：“高兴吗？”

爱林娜的声音有些沙哑，点头，用梦幻般的语气说：“高兴。海恩斯，我从来没有这样高兴过。而这一切都是因为你，因为有了你……”

艾伦满意地微笑，爱林娜全心顺服让他喜悦。不自觉地，他的舞步开始朝着舞池边旋转，突然一个闪身，乘着众人不注意的时候，带着爱林娜来到了阳台上。

清新的空气扑面而来，爱林娜一下子清醒过来，她看着皇宫优美的夜色，心情愉悦就像有无数只小鸟在歌唱。

她斜斜地依靠在艾伦怀中，轻声说：“海恩斯，你看，真美。”

“是很美，非常美。”艾伦边说边深深地注视着爱林娜。

而爱林娜发现艾伦说“美”竟然是指她时，神情顿时变得羞涩，轻轻推了一下艾伦，说：“你……别胡说。”

艾伦低笑，伸手抬起爱林娜的下巴，冰蓝色的眼眸中闪动着柔和的光芒，他低声说：“这是真的。我第一次看见你的时候，就已经这样认为了。你的美，无与伦比。”

“海……海恩斯！”爱林娜心神皆醉。

艾伦低下头，轻轻地吻在爱林娜的唇上，然后逐渐加深了彼此的亲吻。这样的吻，一直持续到爱林娜快要窒息时才结束。

爱林娜依靠在艾伦怀里，轻声说：“海恩斯……我也爱你。或许，也是从见到你的那一刻起。”是的，那个时候，这个男人的眼睛震撼了她，让她完全无法反抗地沉沦。

“我知道。”艾伦紧紧拥抱住爱林娜，或许是血裔的关系，艾伦想到他成为吸血鬼这么多年，从来没有像今天这样感觉到内心充实，那种满足感甚至比喝上一口新鲜的血液都要舒服。

难怪当年爱林娜的父亲斯卡迪曾经说过，身为血族是上天惩罚的罪，注定要永远寂寞。

但是，如果有一天，你能够爱上一个人，那么你的寂寞就将被填满，你的心终最将被释放。那种爱无法用言语形容，只有你真正爱上了才会知道。为了那个人，你会甘愿献上自己的一切，包括这无尽的生命。

他曾经无法理解斯卡迪的行为，甚至在斯卡迪死的时候，他也一直觉得为了一个女人做出这样的牺牲完全没有必要，他之所以照顾依琳，只是因为斯卡迪的嘱托。然而现在……他终于明白了什么是斯卡迪口中的爱。为了这种爱，他真的会倾尽所有。

就像刚才爱林娜被人指责羞辱的时候，艾伦甚至无法控制自己的情绪，那一刻，他才真正认清自己的心。

他对爱林娜不是怜悯，也不是因为过去的承诺，而是因为爱。是的，他爱上了爱林娜·琴这个善良而坚强的女孩。

就在两人沉醉于爱情的喜悦中时，艾伦突然感觉到空间一阵强烈的扭曲。艾伦心里一惊，难道是出什么事了？

这时雷塞尔突然凭空出现，他气喘吁吁地对艾伦说："亲王殿下，出事了！威瑟庞塞……卡罗泽进入了威瑟庞塞，正要启动仪式！"

艾伦大为震惊，问："怎么会这样？究竟发生了什么事？"

雷塞尔眼神里流露出一丝愤怒，说："是克罗蒂亚……她……她背叛了！"

"什么？为什么？"艾伦觉得不可思议，克罗蒂亚怎么可能背叛他？

雷塞尔摇头说："不知道！但是她带着卡罗泽挟持了依琳夫人，威瑟庞塞才不得已开启的。"

艾伦的脸色骤然变得铁青，而他怀中的爱林娜更是受到了惊吓，拉着艾伦说："卡罗泽挟持了依琳夫人？他为什么要挟持我母亲？"

艾伦几乎是咬牙切齿地说："他是想要你！该死的卡罗泽！这一次，他别想得逞！"艾伦一把抱紧爱林娜，对着雷塞尔说，"你还能破开空间吗？”他需要保留实力对付卡罗泽。

雷塞尔点头，二话不说地破开了空间，三个人顿时在原地消失。

第十二章
CHAPTER
12

觉醒

THE OFFSPRING OF THE TWILIGHT

再次回到威瑟庞塞，连爱林娜都可以感觉到它的悲鸣。围绕在威瑟庞塞外围的血族们正在对峙交战，双方情况都相当惨烈，地上已经有了一层厚厚的积灰，那是血族们死去的象征。

卡罗泽亲王有了内应后，这次的突袭攻势猛烈，艾伦的手下伤亡惨重。但这里始终是艾伦的根据地，而且他麾下的血族个个骁勇善战，局势还有回旋的余地。

艾伦的回归显然给他麾下的血族们带来了勇气，拉泽·迈卡维出现在艾伦的身边，向来笑容满面的脸上透着焦急，他说："殿下！您终于回来了。"

艾伦点点头，一手环着爱林娜，充满着保护意味的姿势，然后说："情况怎么样了？"

迈卡维说："外围已经被我们控制了。但是卡罗泽已经突破了威瑟庞塞的防御，进入了城堡。"

艾伦注视着远处，说："他是怎么进去的？"

迈卡维苦笑说："是克罗蒂亚。我没有想到她竟然敢背叛您……"迈卡维说着咳嗽了一声，那是克罗蒂亚突然朝着他发难，把他打伤后，开启威瑟庞塞大门时受的伤，而迈卡维是有"军师"之称的血族，他的反应也很敏捷，在突变的时刻迅速启动了威瑟庞塞的防御系统，只有卡罗泽和跟随他的几名手下侥幸进入了威瑟庞塞。

迈卡维逃了出来，并且在威瑟庞塞的帮助下调动了血族进行抵抗，随后又让雷塞尔前去通知艾伦亲王。显然卡罗泽会选择今天入侵，也是看准艾伦亲王没有在威瑟庞塞，而卡罗泽通过克罗蒂亚找到了爱林娜的母亲，把她抓来作为人质。

“现在里面的情况如何？”艾伦脸色微变，迈卡维受了伤，而雷塞尔因为两次破开空间之门几乎丧失了战斗的能力。他的左右手已经半废了，威瑟庞塞里面的情形他必须弄清楚，否则事态将更严重。

迈卡维咳嗽了两声，说：“陛下，里面还有我们的人，包括骸谷的人。只是他们……”

艾伦点点头，骸谷的人是艾伦这次唤醒的血族之一。但是他们和其他的血族不同，他们曾经是亲王斯卡迪的忠实护卫。由于斯卡迪之死，这些血族选择了长眠。这次艾伦唤醒了他们，却无法得到他们的忠诚。他们只为守护斯卡迪，等待他的复活。

这时候，雷塞尔上前，说：“亲王殿下，您要进入威瑟庞塞吗？”

艾伦点头说：“是的。卡罗泽抓了依琳，我不能让他得逞。”艾伦犹豫了一下，放开了爱林娜，对雷塞尔和迈卡维说：“你们照顾好爱林娜，让其他血族部众把卡罗泽的人围住就可以，不要再硬拼，保存实力。你们两个也给我好好休息疗伤。我去城堡。”

爱林娜一把拉住了他，急切地说：“海恩斯，你要去城堡吗？”

艾伦嗯了一声，想要挣开爱林娜的手。哪知爱林娜竟然整个人都扑上来，紧紧抱住他，说：“不，我要和你一起去。我不要留在这里。”

艾伦闻言微微皱眉，说："爱林娜，不可以。你必须留在外面，这样对你更安全。"

"可是他们抓了我的母亲。海恩斯，我不能就这样看着他们抓了我的母亲却什么都不做。"爱林娜急忙说。

"但是里面太危险了。我不能让你进去。"艾伦坚决地说。

"为什么？里面很危险，你就能进去了吗？迈卡维说了，城堡里还有我们的人，那为什么我不能进去？况且我能够保护好自己。海恩斯，你不是说过我的实力已经有中阶的水准了吗？"

艾伦无奈地说："那也不行！爱林娜！里面太危险。以卡罗泽的能力，一个中阶对他而言根本就没有任何威胁。"

"可是我妈妈在他手里。而且，他的目标就是我！海恩斯，难道你真的认为我在这里就安全了吗？你也说过，卡罗泽挟持我母亲是为了要我。所以，就算这次避开又如何？卡罗泽还是会找到我。这是……这是我的命运！我必须去正视它，而不是选择逃避。"爱林娜大声地说，在她的脸上已经看不到柔弱，她是坚强的，也是有着坚定信念的爱林娜·琴。

艾伦被爱林娜说得哑口无言，但是城堡里的情况连他都没有十足的把握，又怎么能带着爱林娜进入城堡呢？

然而，爱林娜又问："海恩斯·艾伦！你曾说过会保护我，我能够相信你吗？"

艾伦一愣，说："那是当然的。"

"好！既然这样你还怕什么？我说过，我会跟着你，不管你到哪里！

而现在你要甩开我吗？”爱林娜瞪着大眼睛看着艾伦，眼眶里有泪光闪烁，但是她强忍着不让眼泪流下来。

艾伦完全不知道该怎么回答爱林娜，爱林娜上前踮起脚尖在艾伦的嘴唇上印下一吻，用哀求的声音说：“海恩斯！我不能离开你。就算是死，我也不愿离开你。我爱你，我只想和你在一起，不论在哪里……你不能就这样把我丢开……”

“爱林娜……”艾伦想说他只是为了她的安全着想，却被爱林娜再次打断。

“你担心我的安全，就正如我担心你一样。如果不能看见你平安无事，我会死的。海恩斯·艾伦！”爱林娜连名带姓地呼唤艾伦的名字，让他知道自己有多认真。

“好吧。”艾伦终于无奈地点头，“但是你一定要紧紧跟着我，不能离开我半步。”

爱林娜欣喜若狂地点头，一下又一下地亲吻着艾伦，说：“好的，我会的，我绝对不会离开你半步……我怎么舍得离开你半步！”

这一幕令迈卡维和雷塞尔极为震惊，他们的亲王和爱林娜什么时候变得如此亲密了？

艾伦皱起眉头：“你们来干什么？忘记了我刚才说的吗？”他的两个手下迈卡维和雷塞尔也跟了上来。

迈卡维恢复了他平日的笑容，一边用手扶着雷塞尔，一边说：“亲王殿下，您的身份可不容许您孤军奋战。”

雷塞尔也说：“殿下，我们还能够一战，誓死维护您的名誉。请让我们跟随吧。”

“亲王殿下，或许您觉得我们受伤了，不能帮助您，但是，请您记得，我们是高阶血族，和那些强制升级的血族不同。在您战斗的时候，我和雷塞尔发誓，我们将用生命保护爱林娜小姐。所以，请您带上我们。”

迈卡维和雷塞尔同时跪了下来，向艾伦低下他们高贵的头颅表示忠诚和想要追随的愿望，如果艾伦再继续拒绝他们，那对他们而言将是莫大的耻辱。

艾伦低头犹豫了一下，手不自觉地搂紧了怀中的人，迈卡维这番话的确提醒了他，爱林娜需要人保护！

“好吧！我现在进入城堡，你们跟上！”

爱林娜乖巧地闭上眼睛，双手紧紧抱住艾伦的腰。她知道艾伦要使用瞬间移动，可速度却比她使用这法术时快了好几倍，等她重新睁开眼睛时，已经置身于威瑟庞塞的内部。

“海恩斯，威瑟庞塞会有事吗？”爱林娜皱眉看着凌乱的走廊，在她的眼里，威瑟庞塞已经成为她的朋友了。

艾伦摇摇头：“放心吧，威瑟庞塞不会有事的，他可是比斯卡迪亲王更古老的存在。”

爱林娜愣了一下，有点惊讶：“是这样吗？”

这时一个小小的声音突然接了话：“是的，爱林娜，所以你不用担心。”

爱林娜一惊，脱口而出："威瑟庞塞，你在哪里？"

从墙上浮现出一张小脸，刚对爱林娜露出微笑，旋即又皱了眉头，因为远处正传来坍塌的声音。

"啊！他们怎么可以这样……这是该隐留给我的！"一丝悲鸣从威瑟庞塞的口中传出，墙上的小脸瞬间消失，应该是去查看毁损的情况了。这声悲鸣倒是和刚才爱林娜在外面感觉到的威瑟庞塞的悲鸣如出一辙。

他是在心疼自己的损失吗？

被威瑟庞塞这么一打岔，三个血族一个人类（或者爱林娜已经不能称之为人类，她只是血裔的继承者而已……）都不再像之前那样紧张了。

艾伦无奈地摇头："威瑟庞塞还是和天真羞涩的孩子一样。"

爱林娜点点头。

艾伦看了看爱林娜，又看了看迈卡维二人，打起精神来说："看来威瑟庞塞是让卡罗泽他们进入城堡迷宫了。那么我们只要加快一点，就能赶在他们前面到达骸谷，让斯卡迪的勇士们来帮我们。复活法阵也就在骸谷的一旁。说不定还能遇上我们的人。"

"好！"三个人异口同声地回答。艾伦随即一手揽住爱林娜："你抓紧我！我们要跑了。"

爱林娜嗯了一声，艾伦便对着威瑟庞塞大声说："威瑟庞塞，开启去骸谷最近的走道吧！"

空间一阵微微的震动，一条完全无法看到头的长廊顿时出现在众人面前。爱林娜身子微微一缩，不由得抓紧了艾伦的手臂，问："这就是去骸谷‘最近’的通道吗？可是为什么……连尽头都看不见……”

艾伦轻轻拍她的肩膀，说：“骸谷是在另一个空间，但是现在我们不能轻易破开空间，必须保存实力。这条路应该是最近的，威瑟庞塞不会弄错，走吧。”

说完，艾伦抱起爱林娜率先朝那条走廊跑了进去，迈卡维二人紧跟在他们后面。

耳边只有呼啸的风刮过，爱林娜把头埋在艾伦的怀里，感受着他平稳的呼吸，虽然艾伦的身体没有人类那么温热，但爱林娜紧贴着他的胸膛，心里却涌上来一阵无比安心的踏实感，就像两个人的感知融合在了一起。

进入这个神秘的空间，爱林娜没有半点犹豫，或许他们面对的是可能会丢掉性命的结局，但是只要能和艾伦在一起，就算死又能怎样？在过去，从来没有谁像艾伦这样对她、爱护她，而她对于艾伦的惧怕早就彻底消逝。这个男人从一开始就没有想过要伤害她，甚至让她回到母族接受庇护。

所以，爱林娜也从未像现在这样深深地信任一个人，深深地爱着一个人，她不想，更不愿放开这份从未经历过的爱情。

海恩斯·艾伦……

爱林娜在心里一遍又一遍地呼唤着这个名字，就像是要把它深深镌刻进心底的最深处。

前面突然隐约闪现出一抹幽幽的光芒，艾伦抱住她的手臂紧了紧：“马上就到骸谷了。”

这是一个诡异又阴森的空间。

漫山遍野都是一具具黑色棺木，就像荒凉的墓地，虚空中飘浮着幽蓝的火焰，照亮了这个空间。只是，和上次不一样的是，这些棺木里已经空无一人。

爱林娜依偎在艾伦身边，没有了初次来骸谷时的惊骇，这里曾经是血族长眠之地，因为血族间即将迎来一场大战，所以棺木里的血族都被艾伦唤醒了。

远处筑起一个高高的祭台，周围跪着十二个穿着极为正式的血族，他们闭着眼睛，虔诚地跪在祭台边，似乎在祈祷什么。

爱林娜正要问艾伦，却见他竖起一根手指放在嘴边，示意她和迈卡维他们不要说话，然后独自朝祭台走了过去。

那些血族对艾伦的靠近丝毫未觉。艾伦在祭台前单膝跪下，恭恭敬敬地朝祭台行礼。

艾伦行完礼后，一个金发男人从跪着的血族中站了起来。他的身高和艾伦差不多，神情却十分冷漠，看着艾伦说：“艾伦亲王殿下，您来这里有事吗？”他的措辞虽然无可挑剔，但是语气里却没有那份恭敬。

艾伦似乎并不在意，说：“阿瑟大人，血族的战斗已经开始了。”

那名被称为阿瑟大人的血族仍是面无表情，说：“这个我们知道。但是，和我们没有关系。”

“阿瑟斑思，我请求你们的帮助。卡罗泽亲王挟持了依琳夫人。”艾伦难得地用一种请求的语气和血族说话，这点让爱林娜很惊讶。而一旁的迈卡维看出了爱林娜的疑惑，就凑在爱林娜耳边，低声说：“那些血族是斯卡迪亲王的亲卫，忠于斯卡迪亲王的血族，也是十二血族骑士。他们曾经是艾伦亲王殿下的老师。”

爱林娜这才恍然大悟，原来是艾伦的老师！不过艾伦已经这么厉害了，那么他的老师又会是怎样的人物？

阿瑟斑思沉默了一会儿，然后说：“依琳夫人的事，我们不想插手。艾伦亲王，您应该清楚，我们的存在只为了祈祷斯卡迪亲王复活。”

艾伦说：“是的。阿瑟斑思，但是现在卡罗泽挟持了依琳夫人，用来威胁血裔的继承人。如果亚伯真的复活，恐怕会有很大的麻烦。”

“该隐血脉的继承人？”阿瑟斑思突然问道。

艾伦点头，朝着爱林娜一指，说：“她就是该隐血脉的继承人，也是斯卡迪亲王的女儿。”

阿瑟似乎愣了一下，朝爱林娜看过来，爱林娜忍不住微微皱眉，那是一种审视的目光！

血族的目光冰冷而严厉，就像是尖锐的匕首，几乎要将爱林娜的灵魂都看透。不过，爱林娜从来都不是会怯场的人，她扬了扬眉，毫不退缩地回应过去。

阿瑟斑思刹那间就肯定了爱林娜的身份，因为她有着和斯卡迪亲王一样的眼睛。强忍住内心的激动，阿瑟斑思转过身对艾伦说：“亲王殿下，不论怎样，我们都不会介入这次的事。祈祷斯卡迪亲王的复活才是我们最重要的事。抱歉。”

阿瑟斑思的话里有着属于斯卡迪亲王的十二骑士的愿望，通过他们的祈祷，大神会缩短斯卡迪亲王复活的时间，所以他们一刻都没有停歇过。

艾伦有些无奈地看着阿瑟斑思，十二骑士始终只肯听命于斯卡迪亲王，亲王死时他们没有守护在亲王的身边，十二骑士为此感到无比悲痛，所以他们日复一日地祈祷，祭台用他们祈祷的力量转换了让斯卡迪亲王复活的因子，当斯卡迪亲王拥有足够的力量时就可以挣脱地狱而复活。

这个祭台和复活亚伯的祭台唯一的区别是亚伯的复活不仅需要仪式，还需要血裔继承者的血。亚伯的力量太过强大，没有继承者的献祭，他不可能复活。

而斯卡迪亲王的复活仪式，只要祈祷一停止，就会前功尽弃。所以艾伦也明白阿瑟斑思的顾虑，只是这时候想要请他们出手相助似乎不太可能了。

爱林娜看到艾伦微皱的眉头，已经意识到这些血族不愿意帮忙，她皱了皱眉头，高声说："海恩斯！我们走吧。"

艾伦看了一眼爱林娜，见她微微摇头，眼里满是担忧，心里顿时升起一丝暖意。她的意思很清楚，艾伦是高傲的血族亲王，即便那些血族曾经是他的老师，他也没必要这样低声下气。

艾伦朝她点了一下头，内心忽然坚定起来，如果他连自己的爱人都无法保护，还算什么血族亲王。想到这里，艾伦不再多说什么，朝着爱林娜走去。

阿瑟斑思神情复杂，那个女孩是斯卡迪亲王的女儿！阿瑟斑思和另外十一名骑士对斯卡迪亲王的忠诚无可厚非，但是因为斯卡迪亲王的死，他们对依琳夫人——也就是爱林娜的母亲有着很大的怨恨。如果不是依琳夫人，不是女王，斯卡迪亲王就不会死。尽管这些并不排除他们自身的愧疚所引起的迁怒。但是……

正当阿瑟斑思犹豫的时候，空间的门突然产生了剧烈的震动。

艾伦面无表情地看着不远处那两扇巨大的铁门，爱林娜对那扇门也有印象，她和艾伦第一次来这里时，就是通过那两扇门。

爱林娜有些害怕地挽住艾伦，低声说："是他们吗？"

艾伦拍拍爱林娜的手，说："不用担心。我会保护你。"

爱林娜看着艾伦的脸，那神情中没有丝毫的畏惧，只有令人心安的沉稳与傲然，就好像要面临的敌人根本不值一提。

空间门被破开，最先闯进来的是一条条纠缠着锁链、全身闪着红色火焰、大声嘶吼的凶猛猎犬，这让在场的血族大为吃惊。

艾伦惊诧地扬起眉头，站在他身侧的爱林娜更是发出了低微的惊呼："噢！那是什么怪物？"她从没见过这种生物。不，或许应该说是死物更恰当！

迈卡维神情凝重地看着那些猎犬，低声说："是地狱使者！他们竟然召唤到了地狱使者？这怎么可能？"

随着一声猖狂的大笑，卡罗泽亲王的身影终于显现。他身边跟着四名血族，其中一个就是克罗蒂亚。

而爱林娜的母亲依琳，此刻正在她的手中，长发凌乱地遮在脸前，身侧有着大摊的血迹，看不出丝毫生息。若非依琳是血族，爱林娜此刻甚至以为她的母亲已经是具尸体了。

“妈妈！”爱林娜脱口而出，想要冲上去，却被艾伦死死地揽在怀里。

“别这样！爱林娜，冷静！”艾伦沉声说。事态的严重性似乎有些超出他的预料，艾伦没有想到卡罗泽竟然能够召唤出地狱使者，这样看来在城堡里留守的血族应该已全被灭了。

也就是说，他们陷入了孤军奋战的境地。

卡罗泽亲王看上去胜券在握，嚣张得不可一世，当他看到艾伦时，眼神流露出一丝怨恨。他大笑着说：“我亲爱的艾伦亲王，好久不见。您和您的美人过得还愉快吧？”

艾伦冷冷地答：“不劳您费心。”

卡罗泽亲王冷笑，说：“我怎么能不费心。我可是天天都记挂着呢。”

艾伦毫不客气地嘲讽说：“是吗？那您的记忆可真算不上好。有哪一次您不是气势汹汹而来，又灰溜溜地逃走呢？我一直以为您是忘记了。没想到您竟然是天天记得！”

“海恩斯·艾伦，你给我闭嘴！”卡罗泽十分气愤，恨不得立马撕碎艾伦，那些耻辱他怎么可能忘记！可是他大声叫了艾伦的名字之后，又压下怒气，阴冷地笑了笑，说，“您不用尝试着激怒我。今天，你们死定了。”

艾伦冷笑，说：“是吗？这可真要看您的本事了。”

卡罗泽亲王看了看艾伦和爱林娜，说：“我的本事，您当然要看。不过，您真的要为了这么一个女人，和我为敌吗？艾伦，你是个聪明的血族。今天在这里，谁的实力更强，你应该能看出来。怎么样？只要你答应交出这个女人，那你还可以继续当你的血族亲王，我不会杀你。亚伯大人也会继续重用你，如何？”

艾伦嗤笑一声，说：“卡罗泽，你是在做梦吗？难道你以为就凭你，以及现在这些东西，就能够让亚伯复活？简直是可笑！”

卡罗泽的神情顿时变得狰狞，说：“艾伦，你不要不识时务。告诉你，我能够召唤出地狱使者，就能够复活亚伯大人。不然，你以为我要这个女人干什么？”说着卡罗泽一把抓过克罗蒂亚手中已经失去意识的依琳夫人。

依琳夫人疼得痛呼了一声。

“放开我母亲！”爱林娜在艾伦怀里忍不住大声嚷起来。

卡罗泽笑了一声，说：“爱林娜小姐，放开她当然可以。只要你过来，我就放开她。怎么样？”

爱林娜怒视着卡罗泽，眼圈都红了，全身抑制不住地发抖。艾伦心疼她，又怕她真的过去便用力搂紧她，不断低声地安慰：“爱林娜，不要急，不会有事的。”

艾伦这样的举动看在克罗蒂亚眼中，她感觉简直就是在被妒火生生烤灼。克罗蒂亚咬牙切齿地看着爱林娜，眼里涌出浓浓的恨意。

“就算你用依琳夫人来威胁我们，爱林娜也不会成为你的工具。卡罗泽，如果你还是一名高贵的血族，那么就拾起你的高贵和我战斗。如果我输了，你想要怎样都可以。但是如果你输了，那就请你彻底离开这里。”艾伦说着将爱林娜推到了雷塞尔他们身边，自己走到众血族面前。

“艾伦，今天你已经到了这种地步，难道还要逞强吗？早点交出那个女人，我可以放你一条生路。”

卡罗泽微微一愣，没想到艾伦的气势还如此凌厉霸道，短暂的一瞬间，他已经处于弱势。他身边的几个血族都明显地察觉到了，连那些地狱猎犬也发出了呜咽声。始终站在卡罗泽身侧的克罗蒂亚痴迷地看着艾伦，她因为嫉妒而背叛，但目的始终只有一个——杀死爱林娜。

艾伦冷笑，说：“卡罗泽，你敢不敢接受我的挑战？如果你不敢，就立刻带着你的那群垃圾从我的地方滚出去！”

卡罗泽脸上的神情难看到了极点，如果是单独接受挑战，说实话他没有这个胜算，想起上次的战斗，仍然心有余悸——艾伦在两次破开空间之门后居然还有那么强大的战斗力！

嗯，他绝对不会笨到和艾伦单挑的！但是艾伦的存在就像一根刺，如果不把他拔掉，那么就不可能得到最后的胜利。

“艾伦，你以为我是傻瓜吗？”

卡罗泽脸上露出了阴险的笑容：“你的挑衅根本起不到任何作用。现在这里我说了算。不过，你的挑战我也会面对的。你会有你的对手！哈哈哈！”

他看了一眼身边的地狱使者，这是他用依琳的血作为祭祀仪式的祭品，这个女人原本只是个人类，却是血裔继承者的母亲，更接受了艾伦的初拥，她的血已经有如此强大的力量，那么继承了斯卡迪亲王的血统又是血裔继承者的爱林娜，她又拥有多大的力量呢？卡罗泽甚至有些迫不及待了。

这时卡罗泽一把将依琳拉了起来，手上突然间弹出利爪，深深地刺进了依琳的身体，依琳顿时发出一声凄厉的呼叫，鲜血就这样流了出来。

“母亲——”爱林娜大声惊呼，眼前的这一幕几乎让她晕过去！

凄厉的叫声就像是鼓舞般让卡罗泽笑得更疯狂，对那些因为依琳的血而变得兴奋的地狱使者说：“想要血吗？那么就去杀了那个男人！”说着他一挥染满血迹的手指向了艾伦。

近三十多个地狱使者发出骇人的低吼声，瞬间向着艾伦冲了过去。

爱林娜等人顿时大惊失色，爱林娜几乎想都不想地就要冲过去，迈卡维和雷塞尔一人一边死死抓住她，雷塞尔说：“爱林娜！你不可以过去，这样会让亲王殿下分神！”

“不，不！海恩斯，海恩斯！”爱林娜惊慌地大喊，那些地狱使者露出森森獠牙袭向艾伦。

艾伦站在原地，突然间伸出手，飞快地在空中画出一个个远古的符号，那些地狱使者就这样被挡在了外面，根本无法接近他。

卡罗泽神色微变，说：“结界？艾伦，你竟然可以在骸谷使用结界！”

艾伦的神情不变，只是淡淡地说：“卡罗泽，我说过，这里是我的地方。难道你还准备逃避下去吗？如果你还是个血族，就接受挑战！”

卡罗泽神情再变，突然放肆大笑着说：“艾伦，就算你不怕这些地狱使者又怎样？你的人呢？哈哈哈——我不信，你有这个能力把所有的人都用结界保护起来！这里是骸谷，我要撕碎他们！”

卡罗泽瞬间朝着那些地狱使者发出指令：“攻击！除了那个女人，其他的都杀掉！”卡罗泽的手指向了迈卡维和雷塞尔。

艾伦的神情一变，只见迈卡维和雷塞尔把爱林娜护在身后，做出了防御的姿势。迈卡维高声对着艾伦说：“亲王，请不用担心我们，我们不会输给这些畜生！”

卡罗泽发出阵阵冷笑，说：“好，那就让你们看看这些‘畜生’的力量！攻击，攻击！”

地狱使者们瞬间改变了方向。

千钧一发之际，艾伦突然出手了。

艾伦的利爪突然间弹出，整个人化成一道幻影，用着人类根本无法看清的速度穿梭在那些地狱使者之间。

“噢——”不知是谁惊惧地低呼了一声！

没有人看清刚才到底发生了什么，三十几只地狱猎犬突然间全部停住了动作，只是当艾伦的身形再度出现在所有人面前时，地狱猎犬们像多米诺骨牌一样轰然倒塌，全部化成了地上的一堆堆血块，并很快就被它们身上的红色火焰吞噬掉，连渣都没有剩下。

全场一片可怕的死寂，这就是艾伦亲王的实力吗？那堪称地狱最凶悍的猎犬在艾伦亲王面前，竟然如此不堪一击？

“海恩斯，你没有受伤吧？”爱林娜冲出了迈卡维和雷塞尔的保护圈，毫不犹豫地跑到艾伦身边，一把拉住他仔细察看。

艾伦朝着爱林娜微微一笑，说：“不用担心。”然后，他将爱林娜挡到了身后，面向卡罗泽亲王，说，“卡罗泽，这就是你的手段吗？还有什么？你不妨都拿出来。”

卡罗泽的神情简直难看到极点了，可恶！地狱猎犬居然这么轻而易举就败了！他的目光扫过身边的几名血族，他们脸上果然都是一副惊恐的神情。这些地狱猎犬刚才在城堡里屠杀血族的情景还在他们脑子里盘旋，可转眼就被艾伦亲王消灭干净。这就是力量的差距吗？

“艾伦，我一定要杀了你——”

卡罗泽表情愤怒，长久以来压抑的愤怒让他彻底疯狂了。就在这一瞬间，他做出了一个令所有人都震惊的举动。他突然消失在了原地，一瞬间，他出现在斯卡迪亲王的复活祭台上。他一手抱着依琳，另一手则飞快地在空中画着符咒，口中不停地喃喃自语。十二骑士一惊，就在他们一拥而上的时候，祭台突然闪耀出剧烈的光芒。

卡罗泽竟然触动了祭台，他想干什么？

艾伦在一刹那间突然想到什么，大声冲着阿瑟斑思吼叫：“阿瑟斑思，快点阻止他！他想要复活斯卡迪亲王的傀儡！用依琳的血……”

“兄弟们快阻止他！”阿瑟斑思急切地吩咐其他十一名骑士，其实想要真正复活斯卡迪亲王，就算有他们的祷告，至少也需要几百年的时间，但是现在有依琳夫人的血，依琳夫人是斯卡迪亲王的至爱，就算是灵魂也会记得依琳夫人，这时候，如果卡罗泽复活了斯卡迪亲王的傀儡，那么这个傀儡就会只听从卡罗泽的吩咐，因为依琳夫人在他的手上！

十二名骑士极快地冲向祭台，却被那白光阻挡在外，根本无法靠近。

“啊——”迈卡维突然发出一声惊呼，这个时候卡罗泽的几个手下卑鄙地朝他发起了突袭。

“迈卡维，我来帮你！”雷塞尔顿时加入了战斗，和那几个血族打了起来。

艾伦目光凝重地看着祭台，如果斯卡迪亲王的傀儡真的被复活，那事态就……他下意识地紧紧握住了爱林娜的手。

“海恩斯……不会有事的……”爱林娜轻声安慰他，她感觉到了艾伦的紧张，来到这里之后，她第一次察觉出艾伦的不安。

“我知道。”艾伦勉强地向爱林娜笑了笑，他的神情却变得无比凝重。

这时祭台上的白色光芒突然消失了，卡罗泽亲王疯狂的笑声一遍遍传出，众血族心头一骇，果然卡罗泽亲王身边多出了一个血族的影子，那不正是斯卡迪亲王吗？

不仅仅是傀儡斯卡迪亲王！那些环绕在祭台上闪动着红色火焰不停咆哮着的是——地狱猎犬！卡罗泽再一次用依琳的血召唤出了地狱猎犬吗？

卡罗泽对着艾伦大声说：“我说过，今天就是你们的死期！去——杀了他们，杀了他们所有人！”

他的话音刚落，地狱猎犬立马扑向了十二骑士，而斯卡迪亲王的傀儡却直攻向了艾伦。

现场的情势突然间险象环生。

艾伦保护着爱林娜躲过斯卡迪亲王一次次的攻击，不得不非常小心。而一旁正和那几名血族打斗的雷塞尔和迈卡维，一个受了伤，一个因为开启空间之门而耗尽力量，根本没法长时间战斗，也是在苦苦支撑。就连拥有不凡实力的十二骑士也被那近百只地狱猎犬死死缠住自顾不暇。

为什么会这样？大家都在拼命战斗，为什么自己一点用也没有？

爱林娜想到这些，不甘心的泪水顿时从眼眶中滑落，不仅如此，她简直就是在拖累艾伦！而她的母亲依琳躺在祭台上没有了声息，自己却救不了她……

“斯卡迪亲王，快点！快点杀死艾伦！”

卡罗泽见斯卡迪亲王对艾伦久攻不下，心里焦躁不安，虽然因为依琳的关系，傀儡的控制度已经达到了最高，但对于傀儡的控制时间却是有限的。这时他突然朝着克罗蒂亚挥了挥手，说：“看住这个女人！”

克罗蒂亚点头，到了祭台上。她虽然背叛了艾伦，眼前这样的情形却是她没有想到的。她本来只是想杀掉爱林娜而已，但现在情况已经变得无法收拾。卡罗泽看穿了这点，不屑地看着这个傻女人，艾伦这样身份的血族不是她这样的女人应该去奢望的，卡罗泽利用的正是这个女人的嫉妒心。而现在，他几乎就要成功了，只要再抓住那个女孩。

将依琳交给克罗蒂亚后，卡罗泽也加入了斯卡迪亲王与艾伦的战局。艾伦打起十二分的精神带着爱林娜周旋在这两个疯狂的对手中。但是在两人的夹攻下，他的身上很快多出了数道深深的血痕，大部分是为了保护爱林娜而受的伤。

“放开我！艾伦，这样我会拖累你的！”爱林娜看在眼里急在心里，大声地对着艾伦叫嚷。艾伦却不理她，仍是迅速地动作，他的身上再度出现了伤痕。

见状爱林娜一咬牙，猛地挣脱了艾伦的手臂，第一次自己用了瞬间移动，离开了艾伦的战圈。艾伦大惊，卡罗泽却不会放弃这个机会，朝着艾伦猛攻过去。

爱林娜朝着艾伦大声说：“不要管我！我会照顾好自己！你放心！”

艾伦又惊又怒，爱林娜是疯了吗？她想干什么？这里的任何一个敌人都有置她于死地的能力。艾伦想要追过去，却被卡罗泽和斯卡迪紧紧拖住。

卡罗泽一边攻击，一边大笑着说：“艾伦，你的美人可真是好胆量！你死定了！”卡罗泽根本没有将爱林娜放在心上，他只要打败艾伦，那么摧毁其他人简直就不费吹灰之力。

爱林娜小心地避开了地狱猎犬和其他混战中的血族，反倒向着祭台走去。地狱猎犬对于爱林娜的接近，居然本能地退缩了，或许正是因为爱林娜血裔的关系，虽然他们朝着爱林娜发出呜呜的声音，却不敢向她攻击。

爱林娜咬着牙克制着自己因为害怕而颤抖的身体，一步步走向祭台。她不想拖累艾伦，而艾伦此刻所做的一切都是为了保护她。那么她就应该面对自己血裔的命运——停止这一切的纷争，还有——解救她的家人！

她看见了她的父亲斯卡迪亲王。那是一个英俊的人，但此刻却完全没有意识地被人操控。爱林娜可以想象她父亲曾经的高傲，作为血族的王者，他一定不会愿意被人当成傀儡驱使。还有她的母亲，虽然依琳没有承认她，但是她不能就这样看着她的母亲被人挟持、被人利用，被人这样深深地伤害！

祭台就在眼前。而祭台之上，是她的母亲，她整个人几近透明，那是血族濒死时的状况。她的身边，站着叛徒克罗蒂亚。

爱林娜心中充满了愤怒，她最爱的人正在为她流血！艾伦倾尽一切要保护她，甚至不惜受伤，她不能再这样软弱下去了。她也要战斗！艾伦曾经说过，她的血裔在逐渐觉醒，她拥有着斯卡迪亲王的血脉，她不会比任何高阶血族差。既然这样，她为什么不战斗！她不想只是眼睁睁地旁观，她体内的血液在沸腾、在燃烧，她的血裔在觉醒，她的力量在不断地涌出来。

“让开！”

“你怎么会在这里？”克罗蒂亚猛地回过神，眼中顿时充满了浓浓的恨意，“你抢走了艾伦，你这个该死的女人！”

爱林娜似乎明白了克罗蒂亚为什么会背叛艾伦，或许就是因为自己。但是在爱林娜看来，就算是因为嫉妒，那也不能成为背叛的理由。不管是什么理由，对于背叛，艾伦不会轻易放过，而她也同样不会放过伤害艾伦的人。

爱林娜没有理会克罗蒂亚的问题，重复了一遍：“让开！”

克罗蒂亚到这时候才意识到发生了什么，她看着爱林娜突然大笑起来，说：“爱林娜，你居然还敢来这里？你的胆子可真不小！哈哈哈！海恩斯他不管你了吗？他怎么会舍得让你到这里来？”语气中满是怨毒和掩饰不住的嫉妒。

爱林娜神情冷漠地看着克罗蒂亚，不知道为什么，她突然觉得眼前这个血族已经不堪一击，狼狈到她都不愿再多看一眼。

爱林娜置若罔闻地走向了躺着的依琳夫人。

克罗蒂亚突然横跨一步，挡在了爱林娜的身前，说：“爱林娜，不要以为我还不敢杀你！”她怨恨地看着爱林娜，都是因为这个女人她才会走到今天这一步，和艾伦反目成仇。她不甘心！不甘心她爱了这么多年的男人竟然因为这个女人而舍弃她！

虽然卡罗泽吩咐过不能杀爱林娜，她的血必须要用于祭祀仪式，复活亚伯。但是克罗蒂亚此刻并不这么想，女人一旦疯狂嫉妒起来，就会忘记一切！

爱林娜丝毫没有畏惧，相反，她就像是闻到了新鲜血液的血族，身体里的血液正奔腾咆哮——渴望着血！爱林娜冷冷地看着克罗蒂亚，周身笼罩着与过去完全不同的气息。

那样的眼神让克罗蒂亚心里突然间升起了一丝惧意，她觉得眼前的爱林娜竟有着和艾伦同样凌厉的眼神，情不自禁地后退了一步。而就这么一退，克罗蒂亚才回过神，她在害怕什么？她竟然会害怕一个人类吗？

“爱林娜，我不会放过你的！”克罗蒂亚的利爪在瞬间弹射了出来。

爱林娜站在那里冷冷地看着克罗蒂亚，这在克罗蒂亚的眼里成了挑衅。她没有再犹豫，冲了上去。

奇怪的事情发生了——

这就是该隐血脉的继承人觉醒的转变吗？

爱林娜自己都惊叹，克罗蒂亚迅捷的身影在自己眼里变得异常缓慢，一切就像是蒙太奇的镜头。她甚至可以清楚地看见克罗蒂亚的致命弱点就这么暴露在她眼前，她心脏的位置是毫无防备的空洞。

让所有人都想不到的是，爱林娜的手刺入克罗蒂亚胸口的一瞬间，竟同样有利爪弹出，而后刺破了克罗蒂亚的心脏。

克罗蒂亚难以置信地看着爱林娜，她就算是死都没有料到，爱林娜竟然以一个人类的身份做到……

“为……什么……你……觉醒……”克罗蒂亚已经没有机会知道为什么了，她在瞬间化成了灰烬。

“你不应该背叛海恩斯。”爱林娜只说了一句话，她收回了手爪，脸上没有丝毫的表情，对于自己突然有了手爪没有感到一丝惊讶。

爱林娜来到依琳的身边，跪了下来，轻轻地抱起依琳，直到这个时候，她才真正看清自己母亲的样子，和她所想象的一样，她是那样美丽而温柔，和那次的疯狂完全不一样。

“妈妈！”爱林娜轻声地呼唤，眼泪滑落，但是依琳没有反应。紧接着，爱林娜就像被意识主导一般自觉地伸出手，细长而坚硬的手爪再度出现，她用力划开了自己的手腕，鲜血流了出来，流进了依琳的嘴里。

血液对血族而言是最好的疗伤方式，更何况是爱林娜拥有着血裔的鲜血。霎时，依琳纤长的睫毛抖动了一下。

爱林娜高兴地低声说：“妈妈，妈妈！你醒醒！”

“爱……林娜……”依琳终于睁开了眼睛，她难以置信地看着自己的女儿，突然间挣扎起来，用力地抓住爱林娜的手腕，急促地问，“你怎么会在这里？艾伦呢？快点逃！快点！卡罗泽这个畜生……他……”

爱林娜一瞬间紧紧地抱住了依琳。她哽咽着说：“妈妈！没事了！我在你身边。没事了！”

依琳在这一刻惊呆了……她这才恍然意识到，此时此刻她究竟在什么地方。

依琳的身体因为爱林娜的血而迅速恢复，当她可以完全站起来的时候，却发现整个骸谷已经是一片混战。她和爱林娜都密切地关注着艾伦三人之间的战斗。

爱林娜焦急地问着依琳有什么办法可以阻止，依琳看了一眼被控制的斯卡迪，终于转向爱林娜，说：“爱林娜，要阻止卡罗泽只有一个办法，那就是杀了他。”

爱林娜点头，却说：“可是……我没有办法……”她的血脉确实觉醒了，但是爱林娜很清楚以她的能力根本无法和亲王级别的血族抗衡。

依琳握住了爱林娜的手，眼神里充满着愧疚和无奈，说：“爱林娜，你不会责怪我吗？我生下了你，却离开了你，更伤害了你。”

爱林娜闻言摇头，说：“不，妈妈。我听海恩斯说了。我并不怪您。您那么爱斯卡迪……我的父亲……”

依琳点点头，露出一丝哀伤，说：“我明白他为什么要我成为血族，而我那时候，只是无法接受他的离开……一千年……他离开了，而我却要独自活在世上，可是现在我想过了，我还有你，你会陪伴着我等他回来……是吗？爱林娜？”

爱林娜回答说：“是的，妈妈。我会在你身边。”

依琳微微笑了，绽放的笑容美得无法言喻。她对爱林娜说：“爱林娜，我的女儿，你愿意接受初拥，成为一个真正的血族吗？”

爱林娜惊讶地看着依琳，依琳遥遥注视着奋战中的血族，低声说：“卡罗泽想要复活亚伯，所以需要拥有血裔的人类的血来祭祀。而你就是那个人。然而，拥有该隐血脉的人其实已经是半个血族。”依琳指了指爱林娜尚未来得及收起的手爪，又说，“你身体里的该隐之血已经觉醒了。这就意味着，你终将成为血族。但是没有经过初拥的血脉继承人，最终的结果只能是身体承受不住神的血液带来的力量而消亡。所以，爱林娜，你愿意让你的母亲成为你的初拥者吗？我……不愿意再失去自己的女儿。”让自己的女儿承受这样的命运，依琳觉得无比愧疚和无奈，这也是她这么多年来选择逃避的原因之一。

“妈妈！”爱林娜忍不住抱住了依琳，她在依琳的怀中点头，说，“我愿意，我愿意的，妈妈！”

依琳慈爱地抚摸着爱林娜的头，将她的脑袋轻轻按到自己雪白的颈项边，当血族的血液注入爱林娜的身体时，血液和血裔之间的轰鸣，瞬间将爱林娜席卷。

巨大的气流自爱林娜的身边旋起，这样大的动静让正在激战中的血族们立刻停顿了。

艾伦惊讶地看着爱林娜，眼里透出一股无法言喻的欣喜。

爱林娜终于觉醒了吗？她选择了成为血族！艾伦的惊喜无法用语言形容，他曾经一直想问爱林娜是否愿意成为血族，却因为爱林娜的血裔没有觉醒而无法说出让她放弃人类身份的话。

“不，不！”卡罗泽发出巨大的嘶吼，爱林娜一旦成为了血族，那么他长久以来的布置、耗费的精力和心血就这样……全完了吗？他似乎看到了什么难以置信的事，然后就朝着爱林娜袭击过去。

艾伦吓了一跳，毫不犹豫地飞身而起跟在卡罗泽的身后，大声喊：“爱林娜，小心！”

这个时候令人震惊的事情发生了。

爱林娜放开了母亲依琳，那双美丽的眼睛弥漫着妖异的血红，她完全成为血族了！不仅如此，她还继承了斯卡迪亲王的力量，拥有着大神血裔，她扬起利爪，突然之间朝着卡罗泽发难。

卡罗泽与艾伦激战许久，已经消耗了巨大的力量。在这样的状况下，面对爱林娜的出手，对他而言几乎是灭顶之灾。

“不可能……”卡罗泽惊愕地瞪大双眸，在他扑向爱林娜的那一瞬间，忽然有一股强大的力量吸附着他的身体，他就像是完全控制不住一样，冲向了爱林娜伸出的利爪。

几乎只是一眨眼的工夫，卡罗泽的整个身体被爱林娜的利爪刺穿了。而与此同时，他的利爪也刺入了爱林娜的身体。

继承了该隐的鲜血源源不断地从爱林娜的胸口涌出。她刚刚成为血族，身体里甚至还残留着人类的温度。

卡罗泽难以置信地看了一眼自胸口处刺进身体的那纤细而锋利的手爪，然后又看了看爱林娜胸口的血洞。他的脸上忽然浮现出了张狂的笑容，缓缓迸出了一句：“该隐……血族的……”之后，他在瞬间化成了粉末。

“爱林娜——”随后赶到的艾伦同样难以置信地看着爱林娜，而爱林娜这个时候却朝着他笑了。

随后，她就像是断了线的木偶一样，软软地朝着地面倒去。艾伦几乎一瞬间就出现在了她的身旁，他绝望地看着气息微弱的爱林娜，冰蓝色的眼睛里缓缓涌出了血色的泪水。

“不，爱林娜，别这样，求求你……”

他语无伦次地说着。

爱林娜在他的怀里抽搐了两下，大口大口的献血从她嘴巴里涌了出来。

她艰难地抬起了一只手，抚上了艾伦的脸："海恩斯，我终于能帮上你了！"

艾伦愣了一下，忽然伸手紧紧抱住了爱林娜，过度的痛苦让他的声音都有些发抖："爱林娜，请你不要对我这么残忍，请你不要这样对我！我爱你！"

"我也爱你……"

爱林娜疲惫地说，她缓缓地转过头望向周围。

卡罗泽化成齑粉后，他手下的血族们顿时惊慌地四处逃窜，而那些地狱猎犬也因为祭祀主的消失而回到地狱。迈卡维和雷塞尔，以及受了不少伤的十二骑士全都累得坐在地上。

这一刻，他们每个人都凝视着她，痛苦和绝望的气息弥漫在空气里。

爱林娜忽然有些想哭。

她其实舍不得离开这个世界，她好不容易才跟自己的母亲见面了，好不容易才找到了自己深爱的人，为什么这么快她就要离开了呢。

还有她可怜的艾伦……

爱林娜想起了自己之前见到的母亲，在父亲离开之后，因为绝望和悲伤而陷入疯狂的母亲。她怎么舍得她的艾伦也受这样的痛苦呢？

"海恩斯，答应我一个请求吧。"她艰难地说。

艾伦流下的血泪一滴一滴地落在了她的脸上，很冰，很让人心痛。他痛苦地凝视着爱林娜，然后点了点头，说："好，你说吧。"

"咳咳……可不可以，在我死了以后，忘记我？"

爱林娜说完，就看到艾伦难以置信地睁大了眼睛，他冰蓝色的眼睛里是滔天的愤怒和绝望："忘了你？你竟然要我忘了你？"

"如果一直记得我的话，你太痛苦了……"爱林娜只觉得自己的视线越来越模糊，她几乎已经看不见她心爱的艾伦了，"血族的生命真是太漫长了，我舍不得你那么痛苦。"

艾伦将头埋在了她的颈间，发出了一声痛苦的抽泣。

"看到你离去，已经是我一生中最痛苦的事情了。"他忽然抬起头，然后定定地凝视着爱林娜，"我不会答应你的。"

"艾伦……"

"如果你死了的话，我将跟随你，一起进入永眠！"

他的话一说完，所有人都震惊了。

"亲王殿下！"

"不可以！"

"怎么可以这样……"

……

然而，那些劝阻声都没有传到艾伦的耳朵里，他只是痛苦地凝视着爱林娜，看着她渐渐地垂下了头颅。

依琳夫人低下了头，痛苦地倒在地上抽泣。

所有人的脸色都在一瞬间变了——他们知道，他们即将失去一个最伟大的血族首领。

仿佛一切就将就此落幕……

就在这个时候，刺眼的光芒从爱林娜的胸口发射出来。眨眼之间，就将爱林娜和艾伦包围了进去。

空气中浮现出越来越浓重的血腥味，一时间所有人都有些茫然。

究竟发生了什么……

“快看天空！”

不知道是谁说了一句，所有人都抬起来头。

然后被自己的所见震惊了——一轮硕大的红色月亮挂在天空上。如同血一般的红色月光凝聚成了一条线，笔直地与包围着爱林娜和艾伦的光圈相连。

“‘暮光之心’……传说中的‘暮光之心’拥有永生的力量……”

雷塞尔忽然喃喃出声，整个人因为太过震惊几乎合不拢嘴。

就像是为了印证他说的话一样，一瞬间，所有的光芒褪去，艾伦和爱林娜在原地相拥，似乎一切都没有改变……除了爱林娜睁开了眼睛，诧异地看着艾伦。

“我这是……”

她伸出手，捏了捏自己。

然后，她被一个人深深地吻住了。

“万岁……”

“太好了！”

“‘暮光之心’万岁……”

一时间，欢呼的声音响彻山谷。

依琳夫人擦掉眼泪，然后微笑地看着斯卡迪亲王走到了她的身边，温柔的眼神无比眷恋地静静缠绕着她。

依琳夫人伸出手，颤抖地抚摸着爱人渐渐透明的脸，低声说：“亲爱的，我会等着你。依琳会等着你回来的。”

转眼间，斯卡迪亲王像是得到什么承诺一样彻底消失在这个空间里。

依琳夫人看了看拥在一起的两人，随即带着十二骑士以及艾伦的左右手——迈卡维和雷塞尔悄然离开了骸谷。

整个骸谷变得安静下来，只有一对吻得浑然忘我的情人。

过了许久，艾伦才放开了爱林娜，看着她的眼睛里是满满的温柔。他低声说：“爱林娜，你向大神证明了你的勇气。”旋即，艾伦单膝跪了下来，“也是你拯救了整个血族，所以你将是整个血族真正的王者。我，海恩斯·艾伦·梵卓，向你宣誓，将永远忠诚于你。”

“海恩斯！我不……”不！她不想成为什么血族的王者，她只是不想败给命运，不想连累海恩斯而已！爱林娜面对这突如其来的一幕，只能无措地叫着艾伦的名字。

艾伦面带微笑地看着爱林娜，深情款款地问：“爱林娜，你愿意成为我的妻子吗？”她是他深爱的女人，而且是个无比出色的女人！

“哦？”爱林娜愣住了。

艾伦却不给她迟疑的机会，站起来霸道地搂住了爱林娜，低声说：“如果你不回答，我就当你已经同意了。我爱你，爱林娜，我的妻子！”

"海……海恩斯……"爱林娜涨红了脸，变得语无伦次。

艾伦吻了吻她，附在她的耳边呢喃着："你该说'我愿意'或是'我爱你'，亲爱的爱林娜！"

"我爱你……"爱林娜靠在他怀里，神情温柔得就像着了魔的小绵羊，浑然忘我地跟着他念着爱情的魔咒，"我愿意成为你的妻子……"

X——魔王·西塞

是一个极其张扬却又异常低调的
，在这个学院里，大多数人讨厌
、畏惧他，只有很少的人喜欢他。
是只要你喜欢上他就会喜欢到无法
拔。畏惧他的人都极端信任他，而
他的人也会不可避免地认可他。
一个梦想，这个梦想驱使着他去
戏一切。

就是______骑士学院第一大骑士。
《女王·__________》之名开始他的
途！

GG/Z——高宫朱雀

他是，正统贵族世家的长子；他是，背负着家族重任的男生；他是，一个很优秀同时也很骄傲的男人。他，内心深处有着细腻的感情，深爱着宫城瑶，也一直保护着云雀。他是，被魔王西塞认可的第一骑士！

他就是______骑士学院第一大骑士。
以《女王·__________》扭转他的使命！

QX/Q——剑客·秋千寻

他是一个集各种矛盾于一身的家伙。他原本无心于“女王游戏”，但是因为一个关系到尊严的事件，而被激发了斗志，并在此过程中成为了西塞的伙伴。他，在莫名其妙的原因下，被公主任命成为了第一骑士。

他就是______骑士学院第一大骑士。
以《女王·__________》完成命运的游戏！

行动代码：

007的秘密“潜伏”

行动内容：

月黑风高，007悄然登场！这一周来，妮殿下连续召开了几次A+级机密会议！007竖起千里耳，也只在墙角听到“最佳告白”几个字。刚刚007看到丹青哥哥拿着文件交给妮殿下了。哇！难道是“天国”书系又有什么大新闻了？

好，我们行动了！

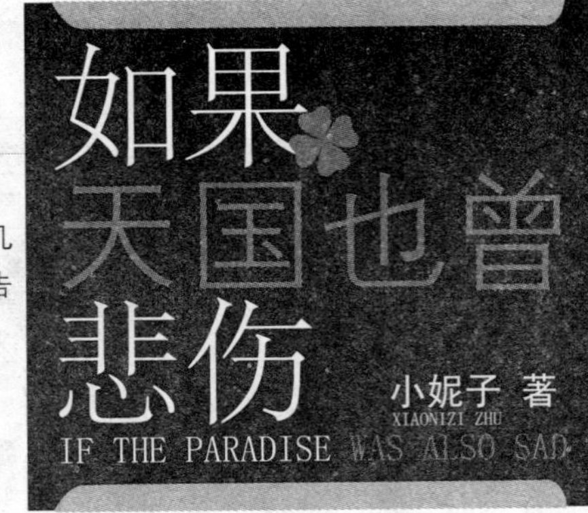

“潜伏”的秘密④

“潜伏”现场

呼……赶在公司晚上锁门之前，007溜进了妮殿下工作室里。哈哈！这回所有的秘密都可以一网打尽了。

糟糕，007拿着文件，还没来得及藏到妮殿下巨大的桌子下面，就被保安大叔发现了……

007：（一脸冷汗）大，大叔，我可不是小偷，我是来帮小妮子拿文件的！

保安大叔：（一脸严肃）哦！是007啊，桌子上的文件是小妮子留给你的呢。

007：（一头雾水）啊？大，大叔，你认识我？你还知道这文件是留给我的？

保安大叔：（神秘地笑）当然啦，哈哈……因为小妮子已经交待过，你晚上会来替她拿文件的。

呃，妮殿下！你怎么可以这样嘛……

“潜伏”结论

全宇宙的妮迷们：

“音”火虫万人告白旅行书将于11月1日盛大谢幕啦！我们将在一周内，在官方论坛与微博同步举办**“终极告白”**评选活动，让所有的妮粉们亲自选票出全宇宙最感人的**“殿堂级告白”**。

编编们会把每周选取的“最佳告白”分别编号上传到论坛，妮粉们只需要在这些“最佳告白”里票选出最打动你的告白，并附上感动理由，**就有机会获得连火星人都垂涎三尺的华丽大礼哟！**

想知道更多“天国”系列的消息，那就期待**“潜伏的秘密⑤”**吧！

IF THE PARADISE WAS ALSO SAD

摄影/后期 kimiko尚洁

来吧！天国礼物总动员！

——《如果天国也曾悲伤》书中礼物任你挑

NO.1 国外寄来的巧克力

心动指数：★★☆☆☆

外貌：巧克力精致的浅金色包装上有一大排密密麻麻的英文。

解说：传说是千夏神秘的朋友从国外寄来的巧克力，最后都送到了叶希雅的手里。

NO.2 普通的巧克力

心动指数：★★☆☆☆

外貌：包装精美的巧克力

解说：叶希雅跑到天台哭泣，原澈野随手扔给她一块巧克力，两人的关系开始缓和。

NO.3 彩虹杯

心动指数：★★★☆☆

外貌：白色杯身环绕着七个不同颜色的圈，像一道彩虹，白色杯盖上面有一朵漂亮的花。

解说：杯盖上的百日草代表的是天长地久的友谊，是希雅与千夏友情的见证！

NO.4 "海之祝福"蛋糕

心动指数：★★★★☆

外貌：淡蓝色的奶油打底，上面是一个白色奶油的桃心，桃心上有一块花朵状的粉色巧克力，上面有一只很精致的奶油海豚正衔着一枚戒指。

解说：原澈野亲手制作的蛋糕，而且蛋糕背后有神秘的传说！

NO.5 蝴蝶发卡

心动指数：★★★★★

外貌：金属色的蝴蝶翅膀上镶了许多漂亮的水晶钻，在阳光下发出璀璨的光芒。

解说：澈野送给叶希雅的礼物，蝴蝶发卡是和另外一个礼物一起送的，很有深意。

NO.6 维纳斯之心

心动指数：★★★★★★★

外貌：心形的盒子中央，安静地躺着一枚樱桃，在灯光的照耀下折射出迷人又高贵的光芒。

解说：许翼临走前送给希雅的限量版樱桃项链，寓意着希雅是他最珍贵的人。

NO.7 录音笔

心动指数：★★★★★★★★★★

外貌：一黑一白两支录音笔

解说：情人节的时候，许翼和叶希雅送给彼此的礼物。因为录音笔背后有最重要的秘密，所以心动指数10颗星！

如果金发帅气的澈野和阳光灿烂的许翼要送你一个告白礼物，你希望是什么呢？

这些礼物背后的秘密和寓意，你想知道吗？

那，就不间断关注我们的《如果天国也曾悲伤》吧！

逆光

BACKLIGHTING DAWN

破晓

在天空一角，撕开一条明亮；
海平面画出一道，属于我新的符号……

“逆光”系列冲破自我，魅力升级；在**“破晓”**的一道光芒下，即将开启更为无限的精彩……

而你在默默等待，期待更为精彩的起航：

用你最为忠实的守候，赢取无比惊喜的珍藏！

年轻可以盛载全部的快乐，亦可能遇见所有的悲伤。让我们把烦恼留给昨夜，盛开一路亮丽的花季。

在你给予的幸福里，让我重新看见希望的光，相爱之处，《逆光·破晓》，永无黑夜……

购买《逆光·破晓》，为这些优美的“逆光解语”填上相应的作者和作品名称，寄回魅丽优品。
即有可能收获美少年主编慕夏亲笔签名送上的礼品一份。

那个人曾停留了一整个夏天，像一道阳光明媚了整片天空，永远留在记忆里。

——慕夏最新力作《　　　　　》

别错乱，美男环绕，各种谜团接踵而来，穿越也是体力活！

——作者：　　　　《四时花开》

绝美番外，再见，那些爱过的人，爱过的每个青春的瞬间。

——叛逆校园偶像叶冰伦《　　　　　》

那些所期待的，所希冀的，会不会实现，还是最终变成一场只有自己一个人的回忆？

——作者：　　　　《100天恋爱计划》

是选择我不可能爱你，还是选择我只想爱你的青涩浪漫的初恋故事。

——新生代浪漫派作者花舞陌轩《　　　　　》

打破时间线，回到过去，究竟能否改变未来？

——青春校园作者轻寒《　　　　　》

○回信请寄：湖南省长沙市开福区黄兴北路上城金都南栋21楼魅丽优品　逆光栏目组

C A O M E I D U O
草莓多
梦幻校园作者
『梦幻屋檐下』白金主题书系列——
2012年梦幻校园作者草莓多最新版小魔女成长记——
《爱在花藤下》
他
是正太美少年，
长相完美的萌系学弟。
古老豪宅里的主人，
腹黑BOSS的代表！
明明是绝对养眼的美男啊，
可是，怎会有着恶魔般的心？
他是名字是……花藤！
他到底是谁？！
草莓多最新作《爱在花藤下》男主角大猜想！
——活动详情——
根据上面的描述，搜索你无穷的回忆。
或是展开你天马行空的想象。
有没有那样一个片段是那么的熟悉？
有没有那样一个身影是那么的贴切？
将所想到的男主角人选告诉我们，
可以是一部电影的主角或是一部漫画的主角，
甚至可以是你身边所熟悉的朋友。
再加上你自己的描述文字。
如果你的描述和《爱在花藤下》里的花藤少年那么相似，
恭喜你，我们会将草莓多签名版的新书送给你。
名额有限，先到先得哦。
参与方式1：
来信请寄：
湖南长沙黄兴北路
89号上城金都北栋
21楼魅丽优品
草莓多（收）
邮政编码：410005
爱在花藤下
LOVE UNDER THE FLOWER
参与方式2：
新浪微博发布微博，格式如下：
#爱在花藤下#（自己的想法）@Merry草莓多
这是一部励志的爱情喜剧！也是一部神秘的成长秘籍。

校园文学天后米米拉 2012年底巨献——
维尼爱柠檬，海誓到山盟
米米拉青春励志爆笑喜剧——
《绯闻一号公馆》即将快乐上演！
维尼，无论胖瘦，我都爱你！
他叫维尼
善解人意，温柔待人
却是个犯错后卖萌卖傻的主
她叫柠檬
积极努力，见钱眼开
是抠门的武道馆半吊子继承人
他们是天造地设的混搭“基友”，
他们是无所畏惧的搞笑“天才”！
积极努力奔向梦想，误打误撞遇见真爱。
如果得到帅气外表的代价是失去你，
那我宁愿永远当你的维尼熊！
感谢你，我并不完美，
这样才不会让你遇到比我更适合的人。
这个秋天，让米米拉告诉你，非他不可的千个理由！
《绯闻一号公馆》，以青春的名义公演！

2012
每月1号上市
6.00RMB/期

大策划：

请携带好您的《妮时代》，做好登船准备

经《妮时代》众编辑大人商议，我们将成立新居住星球考察班奔赴神秘庄

新居住星球考察班选举大会第二轮正式开始！

（本次选举分四次举行，选举结果由三方共同投票决定，候选人为全体魅丽优品作者）

一、由读者投票投票决定（新浪微博、官方论坛、来信支持三种方式进行）。占结果50%。
二、由魅丽优品全体明星作者投票决定。占结果30%。
三、由《妮时代》杂志编辑部全员投票决定。占结果20%。

选举三方依次按照选举比例统计出最终结果。如果你所选择的名单和最终结果一样，你将获得选举名单上**六位作者签名+魅丽优品独家设计“新居住星球考察班珍贵船票”**！更有机会和考察班一起登上飞船！

【本次活动时间：即日起至2012年12月24日】

选举卡B

学习委员：＿＿＿＿＿＿＿＿
生活委员：＿＿＿＿＿＿＿＿
你的姓名：＿＿＿＿＿＿＿＿　联系QQ：＿＿＿＿＿＿

[请填上你选择的候选人名字，将此卡寄给我们，参与全民大投票！]
本轮候选人提名：米米拉、夏雪缘、安晴、希雅、宅小花、喵哆哆
（每位候选人只能担任一个职务）

此选举卡共有4张，分别为选举卡A、B、C、D。集齐4张寄回给我们，无论结果是否和最终结果一样，都可获得六位作者其中任意一位作者的签名明信片。其余卡片请在魅丽优品其他图书书后广告中寻找。

来信请寄：
湖南长沙黄兴北路89号上城金都南栋21楼魅丽优品市场部 收
邮编：410005
（请在信封上注明“新居住星球考察班选举活动”字样。）

公告

国有国法，家有家规。
探索飞船，仅限八人。
班子选举，公平公正。
能者胜任，争当光荣。

【本次活动最终解释权归魅丽优品所有】

NI TIMES

如果你以为我们是完美情侣……

如果你以为我们是天生一对……

如果你要给我们祝福……

停！

月颜夕：这个家伙嘴巴恶毒，个性恶劣，除了脸好看根本一无是处嘛……

石在信：喂，你这个该死的花痴丫头，见到我的时候可不可以把口水擦一擦啊……

♡♡♡♡♡♡♡♡♡♡♡♡♡♡♡♡♡♡♡♡♡♡♡♡

因为一次口误而迎来了绯闻危机！

一场看上去异常甜蜜，却心不甘情不愿的恋爱演绎；

两个完美偶像斗智斗勇的爆笑喜剧；

没有比这更难得的娱乐圈爱情传奇了！

最后究竟谁胜谁负？

魅丽优品力捧新晋作者——

七日晴　首部少女蜜爱之作

《恋爱达成100天》

为你揭秘最终的缘分归宿！

《恋爱达成100天》

「偶像新人月颜夕因为在采访时口误，而令所有人认为她喜欢上了超级偶像石在信，在经理人和学长的逼迫下，她不得不与石在信一起参加一档名叫「一起结婚吧」的明星节目。在节目中她不得不和自己非常讨厌的石在信假扮夫妻，而在这过程中，两个人斗智斗勇、打击对方，看似关系无比恶劣，却在不知不觉中互相了解、互相关注，最后两个人认识到了彼此的善良和美好，在矛盾中擦出了爱的火花。

然而，石在信的粉丝却并不接受月颜夕，并且对其进行了攻击，石在信为了保护月颜夕黯然离去，可是月颜夕并没有放弃两个人之间的爱情……」

"LUCKY 25，幸运归属你"

——魅丽优品8周年感恩回馈特典

青 春 源 自 魅 丽 ， 梦 想 成 就 优 品 ！

不知不觉，魅丽优品和你们在一起8年了！

8年的时间，足够让青嫩的树苗长成挺拔的绿树，足够让恋巢的小鸟有勇气征服天空，也足够让一个个可爱的小女生成长为魅力四射的淑女……

一直以来，我们以出版亚洲最棒的青春图书为目的，以传播爱、梦想、希望和勇气为宗旨，可是没有你们的陪伴和支持，也就没有今天8周岁的魅丽优品！

因此，魅丽优品8周年感恩回馈特典隆重登场，将以最实惠的行动回馈你们，特别推出——

"LUCKY 25，幸运归属你"活动！

活动内容：

以下25种隐藏了超级幸运属性的魅丽优品书籍，是为纪念魅丽优品8周年特别精选出来的，被称为"LUCKY 25"！只要你购买了"LUCKY 25"书单内的书籍，魅丽优品8周年感恩特典送出的超级幸运大奖就有可能归属于你哦！

LUCKY 25 书单

书名	作者
《那年，流光未至》	叶冰伦
《棒棒糖嘻游济》	LOLLIPOP F
《超时空乐迷团》	西小洛
《花美男宿舍骚动事件③》	FAN小妖
《南法寄出》	贺军翔
《逆光•咫尺》	慕夏 主编
《巧克力！变身》	巧乐吱
《请小心，爱的魔怪》	凉桃
《我的二号花美男》	逍遥叹
《仙后座恋爱预告②》	喵哆哆
《嘘！说出你的愿望吧》	草莓多
《叮！这是你的愿望啊》	草莓多
《玛雅1号宠物店•芭比恋人》	猪小萌

书名	作者
《玛雅1号宠物店•九尾狐恋人》	猪小萌
《女声蜜乐团》	FAN小妖
《永不永不说再见》	桃多啦
《爱如初雪降临》	安晴
《别吃我，狐狸帅男友》	凉桃
《甜甜向上》	莎乐美
《星光下的双生殇》	叶冰伦
《一不小心赖上你》	希雅
《我的男友是只猪》	西小洛
《暗王子联盟之天使降临》	极光
《爱的交换蜜语》	喵哆哆
《梨涡少女糖衣恋》	西小洛

活动方式：

方式一：

集齐以上25本幸运书籍中任意5本（可≥5本）的腰封，将它们寄回：湖南长沙开福区黄兴北路89号上城金都南栋21楼魅丽优品市场部　邮编410005；

信封上记得写上你的联系方式和姓名哦！

方式二：

登录新浪微博，拍下以上25本幸运书籍中任意10本（可≥10本）的书籍合影，写出你对魅丽优品8周年纪念的祝福，并且@魅丽优品！

活动奖品：

任选以上一种方式参与，即可百分百获得魅丽优品8周年感恩回馈礼包一份！包括但不限于人气作者签名的大海报、精美笔记本、书签以及更多神秘礼物哦！

我们还会从活动参与者中公选出3名超级幸运读者，每人可以获得价值超过200元的魅丽优品8周年感恩回馈特别大礼包一份！奖品有多丰厚，拿到才知道哦！

活动时间：2012年9月1日——2013年1月1日

第三季度"最魅丽！"

推荐1

推荐2

推荐3

推荐4

推荐5

推荐6

推荐7

推荐8

推荐9

推荐10

推荐1：花漾明星恋人——米米拉
推荐2：半粒糖，甜到伤②——慕夏
推荐3：拜见死神大人——艾可乐
推荐4：青春是一纸微忧的遗书——叶冰伦
推荐5：膜拜吧，闪耀教主——草莓多
推荐6：人鱼座眼泪——喵哆哆
推荐7：雪地里的星光——奈奈
推荐8：小心翼翼爱上你——安晴
推荐9：桃花小姐邪魅殿——宅小花
推荐10：真的是雪人哟——艾可乐

最魅丽！为你带来魅丽优品出品最值得期待的当季图书哦！

隆重庆贺

小妮子《女王•再见黑天鹅》登上当当榜销量榜首！

米米拉《变装小姐真心殿》第十次加印，全国销量过十万！

慕夏《半粒糖甜到伤②》短短两月加印三次，全国断货！（需要的同学赶紧买哦！）

蜜糖姐妹帮：
《甩掉我的玻璃王子》
《魔女不是猫》
《魔王出没请注意》
《怪盗殿下的小女巫》
拒绝平淡，
给我蜜糖！
蜜糖姐妹帮 甜蜜来袭！
史上最甜蜜阵容强势登陆！
为无味的生活加点料吧！
给你蜜糖，还我笑容！
甜蜜挑逗，爱恋无限！
霸道无罪，甜蜜有理！

魅丽优品十大经典

TOP1：永恒典藏

小妮子"天国"系列《来自天国的交换日记》《我在天国遇见你》《如果天国也曾悲伤》（未上市）

TOP2：蔷薇记忆

小妮子《蔷薇的第七夜》Ⅰ Ⅱ Ⅲ，《二十一夜·蔷薇之双生花篇》《二十一夜·蔷薇之狼篇》《二十一夜·蔷薇之花田篇》

TOP3：爱的校园

米米拉"YS学院"系列《爱我请发声》《爱的禁忌之名》《爱的双人舞》

TOP4：酸甜苦辣

慕夏《半粒糖，甜到伤》①②，"逆光"系列

TOP5：那个家伙

米米拉"恋人"系列《恋人袖珍号》《恋人魔法行》《恋人交换生》《恋人血族馆》《恋人超有型》《恋人大魔丸》

TOP6：华丽人生

艾可乐《刹那的华丽血族之契约新娘》《刹那的华丽血族之红缨传说》《刹那的华丽血族之绯梦奇缘》《刹那的华丽血族之红莲王朝》

TOP7：泪光刹那

小妮子《樱空之雪》①②，《月光之绊》①②

TOP8：星光家族

魅丽星家族"梦幻屋檐下"系列《梦幻屋檐下》《梦幻屋檐下·俊树篇》《梦幻屋檐下·艾哲篇》《梦幻屋檐下·庆熙篇》《爱在花藤下》

TOP9：我的成长

叶冰伦《逆蝶》《千鸟》《琴音》《线偶》《我们就这样》《浅浅》《还能孩子多久》《寂寞刚好半分熟》

TOP10：我的现在

小妮子"女王"系列：《女王·再见黑天鹅》《女王·极地红蔷薇》（8月底上市）《女王·樱花雪王子》（2012年上市）《女王·女王》（2013年上市）

填写此页并寄回魅丽优品，有机会得到指定作者亲笔回信！

读者调查表

填写此页并寄回魅丽优品，有机会得到指定作者亲笔回信！

姓名： 年龄： 性别：

QQ： 电话： 地址：

① 你买的这本书，书名是什么？

② 买这本书的原因是什么？（可多选）

A. 喜欢的作者 B. 封面和插图 C. 装帧设计 D. 故事简介吸引 E. 被人推荐 F. 赠品 G. 价格

③ 对这本书满意吗？最满意哪几点？

A. 语言风格 B. 故事情节 C. 人物角色 D. 封面和插图 E. 装帧设计 F. 价格 G. 不满意

④ 有没有在魅丽优品的淘宝店铺或魅丽商城购买过本公司的书？

A. 有 B. 没有 C. 知道这两种渠道，但没有买过 D. 不知道这两种渠道

⑤ 在书店容易买到魅丽优品的书吗？

A. 容易，想买的书都能买到 B. 不容易，很难找到 C. 只能找到一部分书

⑥ 最喜欢看哪种类型的小说？（可多选）

A. 青春校园 B. 魔幻科幻 C. 都市言情 D. 穿越 E. 悬疑恐怖 F. 热门电视剧改编 G. 其他

⑦ 平时买杂志比较多还是图书比较多？

A. 杂志 B. 图书

⑧ 以下哪种因素会成为你买杂志的首选原因？

A. 内容 B. 价格 C. 设计风格 D. 主编 E. 广告 F. 纸张质量 G. 彩页多少

⑨ 以下哪种因素会成为你购买图书的首选原因？

A. 内容 B. 价格 C. 设计风格 D. 作者 E. 出版社 F. 其他

⑩ 通常通过以下哪种渠道购书（可多选）

A. 新华书店 B. 大型书城 C. 民营书店 D. 打折书店 E. 报刊亭 F. 书摊 G. 二手书店 H. 网络商城

⑪ 会购买明星写真集吗？

A. 从不买 B. 只买自己喜欢的明星的写真集 C. 看价钱，如果太贵，就算是喜欢的明星的写真也不买

D. 只要是喜欢的明星，多少钱都会买

⑫ 你是否认为魅丽优品的图书封面字体太花了，看不清？

A. 是 B. 否 C. 偶尔 D. 你不这样认为，但听其他人反映过这个问题

⑬ 您会被什么样的图书促销活动吸引？

A. 打折 B. 签售 C. 买一赠一等赠送方式 D. 互动活动获奖 E. 其他

⑭ 您是否能接受购买旧书？

A. 能 B. 不能

⑮ 你想得到哪位作者的亲笔回信？

⑯ 今年看过的所有魅丽优品的书，最喜欢哪一本？

填写此页并寄回魅丽优品，有机会得到指定作者亲笔回信！